पंचतंत्र
की
लोकप्रिय कहानियाँ

पंचतंत्र की लोकप्रिय कहानियाँ

विष्णु शर्मा

प्र

प्रभात प्रकाशन

प्रकाशक

प्रभात प्रकाशन प्रा. लि.

4/19 आसफ अली रोड, नई दिल्ली–110002

फोन : 011–23289777 • हेल्पलाइन नं. : 7827007777

इ–मेल : prabhatbooks@gmail.com ❖ वेब ठिकाना : www.prabhatbooks.com

संस्करण

2026

चित्रांकन

ओमप्रकाश

मूल्य

चार सौ रुपए

मुद्रक

नरुला प्रिंटर्स, दिल्ली

★

PANCHTANTRA KI LOKPRIYA KAHANIYAN
Stories by Shri Mahesh Dutt Sharma

Published by **PRABHAT PRAKASHAN PVT. LTD.**
4/19 Asaf Ali Road, New Delhi-110002

ISBN 978-93-5266-007-0

₹ 400.00 (PB)

संपादक की बात

पंचतंत्र की कहानियों की रचना आज से लगभग 2000 वर्ष पूर्व भारत के दक्षिण में स्थित तत्कालीन महिलारोप्य नामक नगर में राजा अमरशक्ति के शासनकाल में हुई। राजा अमरशक्ति ने अपने तीन मूर्ख और अहंकारी पुत्रों—बहुशक्ति, उग्रशक्ति और अनंतशक्ति के प्रशिक्षण की जिम्मेदारी सर्वशास्त्रों के ज्ञाता और कुशल ब्राह्मण पंडित विष्णु शर्मा को सौंपी।

राजकुमारों को व्यावहारिक रूप से प्रशिक्षित करने के लिए पंडित विष्णु शर्मा ने नीतिशास्त्र से संबंधित कथाओं की रचना उन्हें सुनाई। इन कथाओं में पात्रों के रूप में उन्होंने पशु-पक्षियों का वर्णन किया और अपने विचारों को कथा रूप में मुख से व्यक्त कर राजकुमारों को उचित-अनुचित आदि का ज्ञान दिया व व्यावहारिक रूप से प्रशिक्षित किया।

राजकुमारों का शिक्षण पूरा होने पर पंडित विष्णु शर्मा ने इन कहानियों को पंचतंत्र की प्रेरक कहानियों के रूप में संकलित किया। आज भी इन अमर कथाओं की प्रासंगिकता जस-की-तस बनी हुई है। इनके अध्ययन और अनुकरण द्वारा निश्चित ही नीतिशास्त्र निपुण हुआ जा सकता है, इसमें जरा भी संदेह नहीं है।

हर उम्र के पाठकों के लिए एक पठनीय, संग्रणीय और अनुकरणीय पुस्तक।

संपादक

—महेश दत्त शर्मा

अनुक्रम

1
चाल

एक नदी के किनारे एक विशाल पेड़ था। उस पेड़ पर बगुलों का बहुत बड़ा झुंड रहता था। उसी पेड़ के कोटर में काला नाग रहता था। जब बगुले के अंडों से बच्चे निकल आते तो मौका मिलते ही वह नाग उन्हें खा जाता था। इस प्रकार वर्षों से काला नाग बगुलों के बच्चे हड़पता आ रहा था। बगुले भी वहाँ से जाने का नाम नहीं लेते थे, क्योंकि वहाँ नदी में कछुओं की भरमार थी। कछुओं का नरम मांस बगुलों को बहुत अच्छा लगता था।

इस बार नाग जब एक बच्चे को हड़पने लगा तो पिता बगुले की नजर उस पर पड़ गई। बगुले को पता लग गया कि उसके पहले बच्चों को भी वह नाग खाता रहा होगा। उसे बहुत दु:ख हुआ। उसे आँसू बहाते एक कछुए ने देखा और पूछा, ''मामा, क्यों रो रहे हो?''

गम में जीव हर किसी के आगे अपना दु:खड़ा रोने लगता है। उसने नाग और अपने मृत बच्चों के बारे में बताकर कहा, ''मैं उससे बदला लेना चाहता हूँ।''

कछुए ने सोचा, 'अपने बच्चों के गम में मामा रो रहा है, पर जब यह हमारे बच्चे खा जाता है तब तो कुछ खयाल नहीं आता कि हमें कितना गम होता होगा। तुम साँप से बदला लेना चाहते हो तो हम भी तो तुमसे बदला लेना चाहेंगे।'

बगुला अपने शत्रु को अपना दुःख बताकर गलती कर बैठा था। चतुर कछुआ एक तीर से दो शिकार करने की योजना सोच चुका था। वह बोला, ''मामा! बदला लेने का मैं तुम्हें बहुत अच्छा उपाय सुझाता हूँ।''

बगुले ने अधीर स्वर में पूछा, ''जल्दी बताओ, वह उपाय क्या है। मैं तुम्हारा एहसान जीवन भर नहीं भूलूँगा।''

कछुआ मन-ही-मन मुसकराया और उपाय बताने लगा, ''यहाँ से कुछ दूर एक नेवले का बिल है। नेवला साँप का घोर शत्रु है। नेवले को मछलियाँ बहुत प्रिय होती हैं। तुम छोटी-छोटी मछलियाँ पकड़कर नेवले के बिल से साँप के कोटर तक बिछा दो, नेवला मछलियाँ खाता-खाता साँप तक पहुँच जाएगा और उसे समाप्त कर देगा।''

बगुला बोला, ''तुम जरा मुझे उस नेवले का बिल दिखा दो।''

कछुए ने बगुले को नेवले का बिल दिखा दिया। बगुले ने वैसे ही किया जैसे कछुए ने समझाया था। नेवला सचमुच मछलियाँ खाता हुआ कोटर तक पहुँचा। नेवले को देखते ही नाग ने फुँकार छोड़ी। कुछ ही देर की लड़ाई में नेवले ने साँप के टुकड़े-टुकड़े कर दिए। बगुला खुशी से उछल पड़ा।

कछुए ने मन-ही-मन में कहा, 'यह तो शुरुआत है मूर्ख बगुले। अब मेरा बदला शुरू होगा और तुम सब बगुलों का नाश होगा।'

कछुए का सोचना सही निकला। नेवला नाग को मारने के बाद वहाँ से नहीं गया। उसे अपने चारों ओर बगुले नजर आए, उसके लिए महीनों के लिए स्वादिष्ट खाना। नेवला उसी कोटर में बस गया, जिसमें नाग रहता था और रोज एक बगुले को अपना शिकार बनाने लगा। इस प्रकार एक-एक करके सारे बगुले मारे गए।

सीख : शत्रु की सलाह में निश्चित ही उसका स्वार्थ छिपा होता है।

□

2
कटी पूँछ

किसी शहर में मंदिर का निर्माण किया जा रहा था। मंदिर में लकड़ी का काम बहुत था, इसलिए लकड़ी चीरने वाले बहुत से मजदूर काम पर लगे हुए थे। यहाँ-वहाँ लकड़ी के लट्ठे पड़े हुए थे और लट्ठे व शहतीर चीरने का काम चल रहा था। सारे मजदूरों को दोपहर का भोजन करने के लिए शहर जाना पड़ता था, इसलिए दोपहर के समय एक घंटे तक वहाँ कोई नहीं होता था। एक दिन खाने का समय हुआ तो सारे मजदूर काम छोड़कर चल दिए। एक लट्ठा आधा चिरा रह गया था। आधे चिरे लट्ठे में मजदूर लकड़ी का कीला फँसाकर चले गए। ऐसा करने से दोबारा आरी घुसाने में आसानी रहती है।

तभी वहाँ बंदरों का एक दल उछलता-कूदता आया। उनमें एक बड़ा शरारती बंदर भी था, जो बिना मतलब चीजों से छेड़छाड़ करता रहता था। बंदरों के सरदार ने सबको वहाँ पड़ी चीजों से छेड़छाड़ न करने का आदेश दिया। सारे बंदर पेड़ों की ओर चल दिए, पर वह शैतान बंदर सबकी नजर बचाकर पीछे रह गया और लगा अड़ंगेबाजी करने।

उसकी नजर अधचिरे लट्ठे पर पड़ी। बस, वह उसी पर पिल पड़ा और बीच में अड़ाए गए कीले को देखने लगा। फिर उसने पास पड़ी आरी को

देखा। उसे उठाकर लकड़ी पर रगड़ने लगा। उससे किर्रर-किर्रर की आवाज निकलने लगी तो उसने गुस्से से आरी पटक दी। उन बंदरों की भाषा में किर्रर-किर्रर का अर्थ 'निखट्टू' था। वह दोबारा लठ्टे के बीच फँसे कीले को देखने लगा।

उसके दिमाग में कौतूहल होने लगा कि इस कीले को लट्ठे के बीच में से निकाल दिया जाए तो क्या होगा? अब वह कीले को पकड़कर उसे बाहर निकालने के लिए जोर-आजमाइश करने लगा।

कीला जोर लगाने पर हिलने व खिसकने लगा तो बंदर अपनी शक्ति पर खुश हो गया।

वह और जोर से खों-खों करता कीला सरकाने लगा। इस धींगामुश्ती के बीच बंदर की पूँछ दो पाटों के बीच आ गई थी, जिसका उसे पता ही नहीं लगा।

उसने उत्साहित होकर एक जोरदार झटका मारा और जैसे ही कीला बाहर खिंचा, लट्ठे के दो चिरे भाग फटाक से क्लिप की तरह जुड़ गए और बीच में फँस गई बंदर की पूँछ। बंदर चिल्ला उठा।

तभी मजदूर वहाँ लौटे। उन्हें देखते ही बंदर ने भागने के लिए जोर लगाया तो उसकी पूँछ टूट गई। वह चीखता हुआ टूटी पूँछ लेकर भागा।

सीख : बिना सोचे-समझे कोई काम न करें।

□

3

काली करतूत

एक बार जंगल में पक्षियों की आम सभा हुई। पक्षियों के राजा गरुड़ थे, लेकिन सभी गरुड़ से असंतुष्ट थे। मोर की अध्यक्षता में सभा हुई। मोर ने भाषण दिया—"साथियो, गरुड़जी हमारे राजा हैं, पर मुझे यह कहते हुए बहुत दुःख होता है कि उनके राज में हम पक्षियों की दशा बहुत खराब हो गई है। उसका यह कारण है कि गरुड़जी तो यहाँ से दूर विष्णु लोक में विष्णुजी की सेवा में लगे रहते हैं। हमारी ओर ध्यान देने का उन्हें समय ही नहीं मिलता। हमें अपनी फरियाद लेकर राजा सिंह के पास जाना पड़ता है। हमारी गिनती न तीन में रह गई है और न तेरह में। अब हमें क्या करना चाहिए, यही विचारने के लिए यह सभा बुलाई गई है।"

हुदहुद ने प्रस्ताव रखा, "हमें नया राजा चुनना चाहिए, जो हमारी समस्याएँ हल करे और दूसरे राजाओं के बीच बैठकर हम पक्षियों को जीव जगत् में सम्मान दिलाए।"

मुरगे ने बाँग दी, "कुकड़ू कूँ। मैं हुदहुदजी के प्रस्ताव का समर्थन करता हूँ।"

चील ने जोर की सीटी मारी, "मैं भी सहमत हूँ।"

मोर ने पंख फैलाए और घोषणा की, "तो सर्वसम्मति से तय हुआ कि

हम नए राजा का चुनाव करें, पर किसे बनाएँ हम राजा?''

सभी पक्षी एक-दूसरे से सलाह करने लगे। काफी देर बाद सारस ने अपना मुँह खोला—''मैं राजा पद के लिए उल्लूजी का नाम पेश करता हूँ। वे बुद्धिमान हैं। उनकी आँखें तेजस्वी हैं। स्वभाव अति गंभीर है, ठीक जैसे राजा को शोभा देता है।''

हार्नबिल ने सहमति में सिर हिलाते हुए कहा—''सारसजी का सुझाव बहुत दूरदर्शितापूर्ण है। यह तो सब जानते हैं कि उल्लूजी लक्ष्मी देवी की सवारी हैं। उल्लू हमारे राजा बन गए तो हमारी गरीबी दूर हो जाएगी।''

लक्ष्मीजी का नाम सुनते ही सब पर जादू सा प्रभाव हुआ। सभी पक्षी उल्लू को राजा बनाने पर राजी हो गए।

मोर बोला, ''ठीक है, मैं उल्लूजी से प्रार्थना करता हूँ कि वह दो शब्द बोलें।''

उल्लू ने घुघुआते हुए कहा, ''भाइयो, आपने राजा पद पर मुझे बिठाने का जो निर्णय किया है, उससे मैं गद्‌गद हो गया हूँ। आपको विश्वास दिलाता हूँ कि मुझे आपकी सेवा करने का जो मौका मिला है, मैं उसका सदुपयोग करते हुए आपकी सारी समस्याएँ हल करने का भरसक प्रयत्न करूँगा, धन्यवाद।''

पक्षियों ने एक स्वर में 'उल्लू महाराज की जय' का नारा लगाया। कोयलें गाने लगीं। चील कहीं से मनमोहक डिजाइन वाला रेशम का शाल उठाकर ले आई। उसे एक डाल पर लटकाया गया और उल्लू उस पर विराजमान हुए। कबूतर कपड़ों की रंग-बिरंगी लीरें उठाकर लाए और उन्हें पेड़ की टहनियों पर लटकाकर सजाने लगे। मोरों की टोलियाँ पेड़ के चारों ओर नाचने लगीं।

मुरगों व शतुरमुरगों ने पेड़ के निकट पंजों से मिट्टी खोद-खोदकर एक बड़ा हवन कुंड तैयार किया। दूसरे पक्षी लाल रंग के फूल ला-लाकर कुंड में ढेरी लगाने लगे। कुंड के चारों ओर आठ-दस तोते बैठकर मंत्र पढ़ने लगे।

बया चिड़ियों ने सोने-चाँदी के तारों से मुकुट बुन डाला तथा हंस मोती लाकर मुकुट में फिट करने लगे। दो मुख्य पुजारियों ने उल्लू से प्रार्थना की, ''हे पक्षी श्रेष्ठ, चलिए लक्ष्मी मंदिर चलकर लक्ष्मीजी का पूजन करें।''

निर्वाचित राजा उल्लू पंडितों के साथ लक्ष्मी मंदिर की ओर उड़ चले। उनके जाने के कुछ क्षण पश्चात् ही वहाँ कौआ आया। चारों ओर जश्न का माहौल देखकर वह चौंका। उसने पूछा, "भाई, यहाँ किस उत्सव की तैयारी हो रही है?"

पक्षियों ने उल्लू के राजा बनने की बात बताई। कौआ चीखा, "मुझे सभा में क्यों नहीं बुलाया गया? क्या मैं पक्षी नहीं हूँ?"

मोर ने उत्तर दिया, "यह जंगली पक्षियों की सभा है। तुम तो अब अधिकतर कस्बों व शहरों में रहने लगे हो। तुम्हारा हमसे क्या वास्ता?"

उल्लू के राजा बनने की बात सुनकर कौआ जल-भुन गया था। वह सिर पटकने लगा और काँ-काँ करने लगा, "अरे, तुम्हारा दिमाग खराब हो गया है, जो उल्लू को राजा बनाने लगे? वह चूहे खाकर जीता है और यह मत भूलो कि उल्लू केवल रात को बाहर निकलता है। अपनी समस्याएँ और फरियाद लेकर किसके पास जाओगे? दिन को तो वह मिलेगा नहीं।"

कौए की बातों का पक्षियों पर असर होने लगा। वे कानाफूसी करने लगे कि शायद उल्लू को राजा बनाने का निर्णय कर उन्होंने गलती की है। धीरे-धीरे सारे पक्षी वहाँ से खिसकने लगे। जब उल्लू लक्ष्मी पूजन कर पुजारियों के साथ लौटा तो सारा राज्याभिषेक स्थल सूना पड़ा था। उल्लू घुघुआया, "सब कहाँ गए?"

उल्लू की सेविका खंडरिच पेड़ पर से बोली, "कौआ आकर सबको उल्टी पट्टी पढ़ा गया। सब चले गए। अब कोई राज्याभिषेक नहीं होगा।"

उल्लू चोंच पीसकर रह गया। राजा बनने का सपना चूर-चूर हो गया। तब से उल्लू कौओं का बैरी बन गया और देखते ही उन पर झपटता है।

सीख : रंग में भंग डालनेवाले उम्र भर की दुश्मनी मोल ले बैठते हैं।

□

4
रँगा सियार

पुराने समय की बात है। एक सियार जंगल में एक पुराने पेड़ के नीचे खड़ा था। एकाएक पेड़ हवा के तेज झोंके से गिर पड़ा। सियार उसकी चपेट में आ गया और बुरी तरह घायल हो गया। वह किसी तरह घिसटता-घिसटता अपनी माँद तक पहुँचा। कई दिन बाद वह माँद से बाहर आया। उसे भूख लग रही थी। शरीर कमजोर हो गया था। तभी उसे एक खरगोश नजर आया। उसे दबोचने के लिए वह झपटा। सियार कुछ दूर भागकर हाँफने लगा। उसके शरीर में जान ही कहाँ रह गई थी? फिर उसने एक बटेर का पीछा करने की कोशिश की। यहाँ भी वह असफल रहा। हिरण का पीछा करने की तो उसकी हिम्मत भी न हुई। वह खड़ा सोचने लगा। शिकार वह कर नहीं पा रहा था। भूखों मरने की नौबत आ गई समझो। क्या किया जाए? वह इधर-उधर घूमने लगा, पर कहीं कोई मरा जानवर नहीं मिला। घूमता-घूमता वह एक बस्ती में आ गया। उसने सोचा कि शायद कोई मुरगी या उसका बच्चा हाथ लग जाए। सो वह इधर-उधर गलियों में घूमने लगा।

तभी कुत्ते भौं-भौं करते उसके पीछे पड़ गए। सियार को जान बचाने के लिए भागना पड़ा। गलियों में घुसकर उनको छकाने की कोशिश करने लगा, पर कुत्ते तो कस्बे की गली-गली से परिचित थे। सियार के पीछे पड़े कुत्तों की

टोली बढ़ती जा रही थी और सियार के कमजोर शरीर का बल समाप्त होता जा रहा था। सियार भागता हुआ रंगरेजों की बस्ती में आ पहुँचा। वहाँ उसे एक घर के सामने एक बड़ा ड्रम नजर आया। वह जान बचाने के लिए उसी ड्रम में कूद पड़ा। ड्रम में रंगरेज ने कपड़े रंगने के लिए रंग घोल रखा था।

कुत्तों का टोला भौंकता हुआ आगे चला गया। सियार साँस रोककर रंग में डूबा रहा। वह केवल साँस लेने के लिए अपनी थूथनी बाहर निकालता। जब उसे पूरा यकीन हो गया कि अब कोई खतरा नहीं है तो वह बाहर निकला। वह रंग में भीग चुका था। जंगल में पहुँचकर उसने देखा कि उसके शरीर का रंग नीला हो गया है। उस ड्रम में रंगरेज ने नीला रंग घोल रखा था। उसके नीले रंग को जो भी जंगली जीव देखता, वह भयभीत हो जाता। उनको खौफ से काँपते देखकर रँगे सियार के दुष्ट दिमाग में एक योजना आई।

रँगे सियार ने डरकर भागते जीवों को आवाज दी, ''भाइयो, भागो मत मेरी बात सुनो।''

उसकी बात सुनकर सभी भागते जानवर ठिठके।

उनके ठिठकने का रँगे सियार ने फायदा उठाया और बोला, ''देखो, देखो मेरा रंग। ऐसा रंग किसी जानवर का धरती पर है ? नहीं न। मतलब समझो। भगवान् ने मुझे यह खास रंग देकर तुम्हारे पास भेजा है। तुम सब जानवरों को बुला लाओ तो मैं भगवान् का संदेश सुनाऊँ।''

उसकी बातों का सब पर गहरा असर पड़ा। वे जंगल के दूसरे जानवरों को बुला लाए। जब सब आ गए तो रँगा सियार एक ऊँचे पत्थर पर चढ़कर बोला, ''वन्य प्राणियो, प्रजापति ब्रह्मा ने मुझे खुद अपने हाथों से इस अलौकिक रंग का प्राणी बनाकर कहा कि संसार में जानवरों का कोई शासक नहीं है, तुम्हें जाकर जानवरों का राजा बनकर उनका कल्याण करना है। तुम्हारा नाम सम्राट् ककुदुम होगा। तीनों लोकों के वन्य जीव तुम्हारी प्रजा होंगे। अब तुम लोग अनाथ नहीं रहे। मेरी छत्रच्छाया में निर्भय होकर रहो।''

सभी जानवर वैसे ही सियार के अजीब रंग से चकराए हुए थे। उसकी बातों ने तो जादू का काम किया। शेर, बाघ व चीते की भी ऊपर की साँस

ऊपर और नीचे की साँस नीचे रह गई। उसकी बात काटने की किसी में हिम्मत नहीं हुई। देखते-ही-देखते सारे जानवर उसके चरणों में लोटने लगे और एक स्वर में बोले, ''हे ब्रह्मा के दूत, प्राणियों में श्रेष्ठ ककुदुम, हम आपको अपना सम्राट् स्वीकार करते हैं। भगवान् की इच्छा का पालन करके हमें बड़ी प्रसन्नता होगी।''

एक बूढ़े हाथी ने कहा, ''हे सम्राट्, अब हमें बताइए कि हमारा क्या कर्तव्य है?''

रँगा सियार सम्राट् की तरह पंजा उठाकर बोला, ''तुम्हें अपने सम्राट् की खूब सेवा और आदर करना चाहिए। उसे कोई तकलीफ नहीं होनी चाहिए। हमारे खाने-पीने का शाही प्रबंध होना चाहिए।''

शेर ने सिर झुकाकर कहा, ''महाराज, ऐसा ही होगा। आपकी सेवा करके हमारा जीवन धन्य हो जाएगा।''

बस, सम्राट् ककुदुम बने रँगे सियार के शाही ठाठ हो गए। वह राजसी शान से रहने लगा।

कई लोमड़ियाँ उसकी सेवा में लगी रहतीं, भालू पंखा झुलाता। सियार जिस जीव का मांस खाने की इच्छा जाहिर करता, उसकी बलि दी जाती।

जब सियार घूमने निकलता तो हाथी आगे-आगे सूँड़ उठाकर बिगुल की तरह चिंघाड़ता चलता। दो शेर उसके दोनों ओर बॉड़ी गार्ड की तरह होते।

रोज ककुदुम का दरबार भी लगता। रँगे सियार ने एक चालाकी यह कर दी थी कि सम्राट् बनते ही सियारों को शाही आदेश जारी कर उस जंगल से भगा दिया था। उसे अपनी जाति के जीवों द्वारा पहचान लिये जाने का खतरा था।

एक दिन सम्राट् ककुदुम खूब खा-पीकर अपनी शाही माँद में आराम कर रहा था कि उजाला देखकर उठा। बाहर आया, चाँदनी रात खिली थी। पास के जंगल में सियारों की टोलियाँ 'हू-हू' कर रही थी। उस आवाज को सुनते ही ककुदुम अपना आपा खो बैठा। उसके जन्मजात स्वभाव ने जोर मारा और वह भी मुँह उठाकर सियारों के स्वर में स्वर मिलाकर 'हू-हू' करने लगा।

शेर और बाघ ने उसे 'हू-हू' करते देख लिया। वे चौंके, बाघ बोला, "अरे, यह तो सियार है। हमें धोखा देकर सम्राट् बना रहा। मारो नीच को।"

शेर और बाघ उसकी ओर लपके और देखते-ही-देखते उसकी टिक्का-बोटी कर डाली।

सीख : झूठ अस्थायी होता है।

□

5
सच्ची मित्रता

बहुत समय पहले की बात है, एक सुंदर हरे-भरे वन में चार मित्र रहते थे—चूहा, कौआ, हिरण और कछुआ। अलग-अलग जाति का होने के बावजूद उनमें बहुत घनिष्ठता थी। चारों एक-दूसरे पर जान छिड़कते थे। चारों घुल-मिलकर रहते, खूब बातें करते और खेलते। वन में एक निर्मल सरोवर था, जिसमें वह कछुआ रहता था। सरोवर के तट के पास ही जामुन का एक बड़ा पेड़ था। उसी पर बने घोंसले में कौवा रहता था। पेड़ के नीचे जमीन में बिल बनाकर चूहा रहता था और निकट ही घनी झाड़ियों में हिरण का बसेरा था। दिन को कछुआ तट की रेत में धूप सेंकता रहता और पानी में डुबकियाँ लगाता। बाकी तीन मित्र भोजन की तलाश में निकल पड़ते और दूर तक घूमकर सूर्यास्त के समय लौट आते। चारों मित्र इकट्ठे होते, एक-दूसरे के गले लगते, खेलते और धमा-चौकड़ी मचाते।

एक दिन शाम को चूहा और कौवा तो लौट आए, परंतु हिरण नहीं लौटा। तीनों मित्र बैठकर उसकी राह देखने लगे। कछुआ भर्राए गले से बोला, ''वह तो रोज तुम दोनों से भी पहले लौट आता था, आज पता नहीं क्या बात हो गई, जो अब तक नहीं आया। मेरा तो दिल डूबा जा रहा है।''

चूहे ने चिंतित स्वर में कहा, ''हाँ, बात बहुत गंभीर है। जरूर वह किसी

मुसीबत में पड़ गया है। अब हम क्या करें?''

कौवे ने ऊपर देखते हुए अपनी चोंच खोली, ''मित्रो, वह जिधर चरने जाता है, उधर मैं उड़कर देख आता, पर अँधेरा घिरने लगा है। नीचे कुछ नजर नहीं आएगा। हमें सुबह तक प्रतीक्षा करनी होगी। सुबह होते ही मैं उड़कर जाऊँगा और उसकी कुछ खबर लाकर तुम्हें दूँगा।''

कछुए ने सिर हिलाया, ''अपने मित्र की कुशलता जाने बिना रात को नींद कैसे आएगी? दिल को चैन कैसे पड़ेगा? मैं तो उस ओर अभी चल पड़ता हूँ, मेरी चाल भी बहुत धीमी है। तुम दोनों सुबह आ जाना।''

चूहा बोला, ''मुझसे भी हाथ पर हाथ धरकर नहीं बैठा जाएगा। मैं भी कछुए भाई के साथ चल सकता हूँ। कौए भाई, तुम पौ फटते ही चल पड़ना।''

कछुआ और चूहा तो चल दिए। कौवे ने रात आँखों में काटी। जैसे ही पौ फटी, कौआ भी उड़ चला। उड़ते-उड़ते चारों ओर नजर डालता जा रहा था। आगे एक स्थान पर कछुआ और चूहा जाते नजर आए। कौवे ने काँ-काँ करके उन्हें सूचना दी कि उन्हें देख लिया है और वह खोज में आगे जा रहा है। अब कौवे ने हिरण को पुकारना भी शुरू किया, ''मित्र हिरण, तुम कहाँ हो? आवाज दो मित्र।''

तभी उसे किसी के रोने की आवाज सुनाई दी। स्वर उसके मित्र हिरण जैसा था। आवाज की दिशा में उड़कर वह सीधा उस जगह पहुँचा, जहाँ हिरण एक शिकारी के जाल में फँसा छटपटा रहा था। हिरण ने रोते हुए बताया कि कैसे एक निर्दयी शिकारी ने वहाँ जाल बिछा रखा था। दुर्भाग्यवश वह जाल न देख पाया और फँस गया। हिरण सुबका, ''शिकारी आता ही होगा वह मुझे पकड़कर ले जाएगा और मेरी कहानी खत्म समझो। मित्र कौवे! तुम चूहे और कछुए को भी मेरा अंतिम नमस्कार कहना।''

कौआ बोला, ''मित्र, हम जान की बाजी लगाकर भी तुम्हें छुड़ा लेंगे।'' हिरण ने निराशा व्यक्त की, ''लेकिन तुम ऐसा कैसे कर पाओगे?''

कौवे ने पंख फड़फड़ाए, ''सुनो, मैं अपने मित्र चूहे को पीठ पर बिठाकर ले आता हूँ। वह अपने पैने दाँतों से जाल कुतर देगा।''

हिरण को आशा की किरण दिखाई दी। उसकी आँखें चमक उठीं, "तो मित्र, चूहे भाई को शीघ्र ले आओ।"

कौआ उड़ा और तेजी से वहाँ पहुँचा, जहाँ कछुआ तथा चूहा आ पहुँचे थे। कौवे ने समय नष्ट किए बिना बताया, "मित्रो, हमारा मित्र हिरण एक दुष्ट शिकारी के जाल में कैद है। जान की बाजी लगी है। शिकारी के आने से पहले हमने उसे न छुड़ाया तो वह मारा जाएगा।"

कछुआ हकलाया, "उसके लिए हमें क्या करना होगा? जल्दी बताओ?"

चूहे के तेज दिमाग ने कौवे का इशारा समझ लिया था, "घबराओ मत कौवे भाई, मुझे अपनी पीठ पर बैठाकर हिरण के पास ले चलो।"

चूहे ने जाल कुतरकर हिरण को मुक्त कर दिया। मुक्त होते ही हिरण ने अपने मित्रों को गले लगा लिया और रुँधे गले से उन्हें धन्यवाद दिया। तभी कछुआ भी वहाँ आ पहुँचा और खुशी में शामिल हो गया।

हिरण बोला, "मित्र, मैं भाग्यशाली हूँ, जिसे ऐसे सच्चे मित्र मिले हैं।"

चारों मित्र भाव-विभोर होकर खुशी से नाचने लगे। एकाएक, हिरण चौंका और उसने मित्रों को चेतावनी दी, "भाइयो, देखो वह जालिम शिकारी आ रहा है। फौरन छिप जाओ।"

चूहा फौरन पास के एक बिल में घुस गया। कौआ उड़कर पेड़ की ऊँची डाल पर जा बैठा। हिरण छलाँग लगाकर झाड़ी में जा घुसा व ओझल हो गया। परंतु कछुआ दो कदम भी न चल पाया था कि शिकारी आ धमका। जाल को कटा देखकर उसने अपना माथा पीटा, "क्या फँसा था और किसने काटा?" यह जानने के लिए वह पैरों के निशानों के सुराग ढूँढ़ने के लिए इधर-उधर देख ही रहा था कि उसकी नजर रेंगकर जाते कछुए पर पड़ी। उसकी आँखें चमक उठीं, "वाह! भागते चोर की लँगोटी ही सही।"

उसने कछुए को उठाकर अपने थैले में डाला और जाल समेटकर चलने लगा। कौवे ने तुरंत हिरण व चूहे को बुलाकर कहा, "मित्रो, हमारे मित्र कछुए को शिकारी थैले में डालकर ले जा रहा है।"

चूहा बोला, "हमें अपने मित्र को छुड़ाना चाहिए। लेकिन कैसे?"

इस बार हिरण ने समस्या का हल सुझाया, ''मित्रो, हमें एक चाल चलनी होगी। मैं लँगड़ाता हुआ शिकारी के आगे से निकलूँगा। मुझे लँगड़ा जान वह मुझे पकड़ने के लिए कछुए वाला थैला छोड़ मेरे पीछे दौड़ेगा। मैं उसे दूर ले जाकर चकमा दूँगा। इस बीच चूहा भाई थैले को कुतरकर कछुए को आजाद कर देगा। बस।''

योजना अच्छी थी। लँगड़ाकर चलते हिरण को देख शिकारी की बाँछें खिल उठीं। वह थैला पटककर हिरण के पीछे भागा। हिरण लँगड़ाने का नाटक कर घने वन की ओर गया और फिर चौकड़ी भरता 'यह जा, वह जा' हो गया। शिकारी दाँत पीसता रह गया। अब कछुए से ही काम चलाने का इरादा बनाकर लौटा तो उसे थैला खाली मिला। उसमें छेद था। शिकारी मुँह लटकाकर खाली हाथ लौट गया।

सीख : मित्रता सच्ची हो तो जीवन में मुसीबतों का आसानी से सामना किया जा सकता है।

□

6
बिगड़ैल साँड़

एक किसान के पास एक बिगड़ैल साँड़ था। उसने कई पशु सींग मारकर घायल कर दिए। तंग आकर आखिर उसने साँड़ को जंगल की ओर खदेड़ दिया।

साँड़ जिस जंगल में पहुँचा, वहाँ खूब हरी घास उगी थी। आजाद होने के बाद साँड़ के पास दो ही काम रह गए। खूब खाना, हुंकारना तथा पेड़ों के तनों में सींग फँसाकर जोर-आजमाइश करना। साँड़ पहले से भी अधिक तगड़ा हो गया। सारे शरीर में ऐसी मांसपेशियाँ उभरीं जैसे चमड़ी से बाहर छलक ही पड़ेंगी। पीठ पर कंधों के ऊपर की गाँठ बढ़ते-बढ़ते धोबी के कपड़ों के गट्ठर जितनी बड़ी हो गई। गले में चमड़ी व मांस की तहों की तहें लटकने लगीं।

उसी वन में एक गीदड़ व गीदड़ी का जोड़ा रहता था, जो बड़े जानवरों द्वारा छोड़े शिकार को खाकर गुजारा करता था। स्वयं वह केवल जंगली चूहों आदि का ही शिकार कर पाते थे।

संयोग से एक दिन वह मतवाला साँड़ झूमता हुआ उधर ही आ निकला, जिधर गीदड़-गीदड़ी रहते थे। गीदड़ी ने उस साँड़ को देखा तो उसकी आँखें फटी-की-फटी रह गईं। उसने आवाज देकर गीदड़ को बुलाया और बोली,

''देखो तो इसकी मांसपेशियाँ। इसका मांस कितना स्वादिष्ट होगा। आह, भगवान् ने हमें क्या स्वादिष्ट तोहफा भेजा है।''

गीदड़ ने गीदड़ी को समझाया, ''सपने देखना छोड़ो। उसका मांस कितना ही चरबीला और स्वादिष्ट हो, हमें क्या लेना।''

गीदड़ी भड़क उठी, ''तुम तो भौंदू हो। देखते नहीं, उसकी पीठ पर जो चरबी की गाँठ है, वह किसी भी समय गिर जाएगी। हमें उठाना भर होगा और इसके गले में जो मांस की तहें नीचे लटक रही हैं, वह किसी भी समय टूटकर नीचे गिर सकती हैं। बस हमें इसके पीछे-पीछे चलते रहना होगा।''

गीदड़ बोला, ''भाग्यवान! यह लालच छोड़ो।''

गीदड़ी जिद करने लगी, ''अपनी कायरता से तुम हाथ आया यह कीमती मौका गँवाना चाहते हो। तुम्हें मेरे साथ चलना होगा। मैं अकेली कितना खा पाऊँगी?''

गीदड़ी की हठ के सामने गीदड़ की एक न चली। दोनों ने साँड़ के पीछे-पीछे चलना शुरू कर दिया। कई दिन हो गए, पर साँड़ के शरीर से कुछ नहीं गिरा। गीदड़ ने बार-बार गीदड़ी को समझाने की कोशिश की, ''गीदड़ी, घर चलते हैं, एक-दो चूहे मारकर पेट की आग बुझाते हैं।''

पर गीदड़ी की अक्ल पर तो परदा पड़ गया था। वह न मानी, ''हम खाएँगे तो इसी का मोटा-ताजा स्वादिष्ट मांस। कभी-न-कभी तो यह गिरेगा ही।''

बस दोनों साँड़ के पीछे लगे रहे। आखिर एक दिन भूखे-प्यासे दोनों ही गिर पड़े और फिर कभी नहीं उठे।

सीख : लोभ का फल सदैव बुरा होता है।

□

7
चींटी सेना

किसी वन में एक बहुत बड़ा अजगर रहता था। वह बहुत अभिमानी और अत्यंत क्रूर था। जब वह अपने बिल से निकलता तो सब जीव उससे डरकर भाग खड़े होते। उसका मुँह इतना विकराल था कि खरगोश तक को निगल जाता था। एक बार अजगर शिकार की तलाश में घूम रहा था। सारे जीव तो उसे बिल से निकलते देख ही भाग चुके थे। उसे कुछ न मिला तो वह क्रोधित होकर फुफकारने लगा और इधर-उधर खाक छानने लगा। वहीं निकट में एक हिरणी अपने नवजात शिशु को पत्तियों के ढेर के नीचे छिपाकर स्वयं भोजन की तलाश में दूर निकल गई थी।

अजगर की फुफकार से सूखी पत्तियाँ उड़ने लगीं और हिरणी का बच्चा नजर आने लगा। अजगर की नजर उस पर पड़ी। हिरणी का बच्चा उस भयानक जीव को देखकर इतना डर गया कि उसके मुँह से चीख तक न निकल पाई। अजगर ने देखते-ही-देखते नवजात हिरण के बच्चे को निगल लिया। तब तक हिरणी भी लौट आई थी, पर वह क्या करती? आँखों में आँसू भर, जड़ होकर दूर से अपने बच्चे को काल का ग्रास बनते देखती रही।

हिरणी के दु:ख का ठिकाना न रहा। उसने किसी-न-किसी तरह अजगर से बदला लेने की ठान ली। हिरणी की एक नेवले से दोस्ती थी। शोक में डूबी

हिरणी अपने मित्र नेवले के पास गई और रो-रोकर उसे अपनी दुःख भरी कथा सुनाई। नेवले को भी बहुत दुःख हुआ। वह दुःख भरे स्वर में बोला, "मित्र, मेरे बस में होता तो मैं उस नीच अजगर के सौ टुकड़े कर डालता। पर क्या करें, वह छोटा-मोटा साँप नहीं है, जिसे मैं मार सकूँ, वह तो एक अजगर है। अपनी पूँछ की फटकार से ही मुझे अधमरा कर देगा। लेकिन यहाँ पास ही में चींटियों की एक बाँबी है। वहाँ की रानी मेरी मित्र है। उससे सहायता माँगनी चाहिए।"

हिरणी ने निराश स्वर में विलाप किया, "पर जब तुम्हारे जितना बड़ा जीव उस अजगर का कुछ नहीं बिगाड़ सकता तो वह छोटी सी चींटी क्या कर लेंगी?"

नेवले ने कहा, "ऐसा मत सोचो। उसके पास चींटियों की एक बहुत बड़ी सेना है। संगठन में बड़ी शक्ति होती है।"

हिरणी को आशा की किरण नजर आई। नेवला हिरणी को लेकर चींटी रानी के पास गया और उसे सारी कहानी सुनाई। चींटी रानी ने सोच-विचारकर कहा, "हम तुम्हारी सहायता करेंगे । हमारी बाँबी के पास एक सँकरीला नुकीले पत्थरों भरा रास्ता है। तुम किसी तरह अजगर को उस रास्ते पर ले आओ। बाकी काम मेरी सेना पर छोड़ दो।"

नेवले को अपनी मित्र चींटी रानी पर पूरा विश्वास था, इसलिए वह अपनी जान जोखिम में डालने को तैयार हो गया। अगले दिन नेवला अजगर के बिल के पास जाकर बोलने लगा। अपने शत्रु की बोली सुनते ही अजगर क्रोध में भरकर अपने बिल से बाहर आया। नेवला उसी सँकरे रास्तेवाली दिशा में दौड़ा। अजगर ने पीछा किया। अजगर रुकता तो नेवला मुड़कर फुफकारता और अजगर को गुस्सा दिलाकर फिर पीछा करने को मजबूर करता। इस प्रकार अजगर उस पथरीले रास्ते पर आ गया और नुकीले पत्थरों से उसका शरीर छिलने लगा और जगह-जगह से खून टपकने लगा था।

उसी समय चींटियों की सेना ने उस पर हमला कर दिया। चींटियाँ उसके शरीर पर चढ़कर छिले स्थानों के मांस को काटने लगीं। अजगर तड़प

उठा। अपना शरीर पटकने लगा, जिससे और मांस छिलने लगा और चींटियों को आक्रमण के लिए नए-नए स्थान मिलने लगे। अजगर चींटियों का क्या बिगाड़ता ? वे हजारों की गिनती में उस पर टूट पड़ रही थीं। कुछ ही देर में क्रूर अजगर ने तड़प-तड़पकर दम तोड़ दिया।

सीख : संगठन शक्ति बड़े-बड़ों को धूल चटा देती है।

□

8

सच्चा राजा

कंचन वन में शेरसिंह का राज समाप्त हो चुका था, पर वहाँ बिना राजा के स्थिति ऐसी हो गई थी जैसे जंगलराज हो। जिसकी जो मरजी वह कर रहा था। वन में अशांति, मार-काट और गंदगी इतनी फैल गई कि वहाँ जानवरों का रहना मुश्किल हो गया। कुछ जानवर शेरसिंह को याद कर रहे थे, ''जब तक शेरसिंह ने राजपाट सँभाला, सारे वन में कितनी शांति और एकता थी। अब अगर ऐसे ही चलता रहा तो एक दिन यह वन ही समाप्त हो जाएगा और हम सब जानवर बेघर होकर मारे जाएँगे।''

गोलू भालू बोला, ''कोई-न-कोई उपाय तो करना ही होगा। क्यों न हम आम सहमति से अपना कोई राजा चुन लें, जो शेरसिंह की तरह हमें पुनः एक जंजीर में बाँधे और वन में एक बार फिर से अमन-शांति के स्वर गूँज उठे।'' सभी गोलू भालू की बात से संतुष्ट हो गए। पर समस्या यह थी कि राजा किसे बनाया जाए? सभी जानवर स्वयं को दूसरे से बड़ा बता रहे थे।

सोनू मोर बोला, ''क्यों न एक पखवाड़े तक सभी को कुछ-न-कुछ काम दे दिया जाए, जो अपने काम को सबसे अच्छे ढंग से करेगा, उसी को राजा बना दिया जाएगा।''

सभी सहमत हो गए और फिर सभी जानवरों को उनकी योग्यता के आधार पर काम दे दिया गया। बिंपी लोमड़ी को मिट्टी हटाने का काम दिया

गया तो भोलू बंदर को पेड़ों पर लगे जाले हटाने का, सोनी हाथी को पत्थर उठाकर गड्ढे में डालने का काम सौंपा गया और मोनू खरगोश को घास की सफाई की जिम्मेदारी।

जब एक पखवाड़ा बीत गया तो सभी जानवर अपने-अपने कार्यों का ब्योरा लेकर एक मैदान में एकत्रित हुए। सभी जानवरों ने अपना काम बड़ी सफाई और मेहनत से पूरा किया था। सिर्फ सोनू हाथी था, जिसने एक भी पत्थर गड्ढे में नहीं डाला था।

अब एक समस्या फिर खड़ी हो गई कि आखिर किसके काम को सबसे अच्छा माना जाए। बुद्धिमान मोनू खरगोश ने युक्ति सुझाई, "क्यों न मतदान करा लिया जाए, जिसे सबसे ज्यादा मत मिलेंगे, उसे ही राजा चुन लेंगे।"

अगले दिन सुबह-सुबह चुनाव रख लिया गया और एक बड़े मैदान में सभी पशु-पक्षी मत देने के लिए उपस्थित हो गए। मतदान समाप्त होने के बाद मतों को गिनने का काम शुरू हुआ। यह क्या! सोनू हाथी गिनती में सबसे आगे चल रहा था और जब मतों की गिनती समाप्त हुई तो सोनू हाथी सबसे ज्यादा मतों से विजयी हो गया। सभी जानवर एक-दूसरे का मुँह ताक रहे थे।

तभी पक्षीराज गरुण वहाँ उपस्थित हुए और उपस्थित जानवरों को संबोधित करते हुए बोले, 'सोनू हाथी प्रतिदिन पत्थर लेकर गड्ढे तक जाता था, किंतु जब उसने देखा कि उस गड्ढे में मेरे अंडे रखे हैं तो वह पत्थरों को उसमें न डालकर पास ही जमीन पर एकत्रित करता रहा। सोनू ने अपने राजा बनने के लालच को छोड़ एक जीव को बचाना ज्यादा उपयोगी समझा। उसकी इस परोपकार की भावना को देखकर हम पक्षियों ने तय किया कि जो अपने लालच को छोड़कर दूसरों के सुख-दुःख का ध्यान रखे, वही सच्चे तौर पर राजा बनने का अधिकारी है और चूँकि वन में पक्षियों की संख्या पशुओं से अधिक थी, इसलिए सोनू हाथी चुनाव जीत गया।'

सबक : सच्चा राजा वही है, जो परोपकार की भावना को सर्वोच्च स्थान दे।

□

9

मुसीबत में दोस्ती की परख

एक जंगल था। गाय, घोड़ा, गधा और बकरी वहाँ चरने आते थे। उन चारों में मित्रता हो गई। वह चरते-चरते आपस में कहानियाँ कहा करते थे। पेड़ के नीचे एक खरगोश का घर था। एक दिन उसने उन चारों की मित्रता देखी। खरगोश पास जाकर कहने लगा, "तुम लोग मुझे भी मित्र बना लो।"

उन्होंने कहा, "अच्छा।" तब खरगोश बहुत प्रसन्न हुआ। खरगोश हर रोज उनके पास आकर बैठ जाता। कहानियाँ सुनकर वह भी मन बहलाया करता था। एक दिन खरगोश उनके पास बैठा कहानियाँ सुन रहा था, अचानक शिकारी कुत्तों की आवाज सुनाई दी। खरगोश ने गाय से कहा, "तुम मुझे पीठ पर बिठा लो। जब शिकारी कुत्ते आएँ तो उन्हें सींगों से मारकर भगा देना।"

गाय ने कहा, "मेरा तो अब घर जाने का समय हो गया है।"

तब खरगोश घोड़े के पास गया। कहने लगा, "बड़े भाई ! तुम मुझे पीठ पर बिठा लो और शिकारी कुत्तों से बचाओ। तुम तो एक दुलत्ती मारोगे तो कुत्ते भाग जाएँगे।"

घोड़े ने कहा, "मुझे बैठाना नहीं आता। मैं तो खड़े-खड़े ही सोता हूँ। मेरी पीठ पर कैसे चढ़ोगे ? मेरे पाँव भी दुःख रहे हैं। इन पर नई नाल चढ़ी है। मैं दुलत्ती कैसे मारूँगा ? तुम कोई और उपाय करो।"

तब खरगोश ने गधे के पास जाकर कहा, ''मित्र गधे! तुम मुझे शिकारी कुत्तों से बचा लो। मुझे पीठ पर बिठा लो। जब कुत्ते आएँ तो दुलत्ती झाड़कर उन्हें भगा देना।''

गधे ने कहा, ''मैं घर जा रहा हूँ। समय हो गया है। अगर मैं समय पर न लौटा, तो कुम्हार डंडे मार-मार कर मेरा कचूमर निकाल देगा।''

तब खरगोश बकरी की तरफ चला।

बकरी ने दूर से ही कहा, ''छोटे भैया! इधर मत आना। मुझे शिकारी कुत्तों से बहुत डर लगता है। कहीं तुम्हारे साथ मैं भी न मारी जाऊँ।''

इतने में कुत्ते पास आ गए। खरगोश सिर पर पाँव रखकर भागा। कुत्ते इतनी तेज दौड़ न सके। खरगोश झाड़ी में जाकर छिप गया। वह मन में कहने लगा, 'हमेशा अपने पर ही भरोसा करना चाहिए।'

सीख : दोस्ती की परख मुसीबत में ही होती है।

□

10

जाल

एक कुएँ में बहुत से मेढक रहते थे। उनके राजा का नाम था गंगदत्त। गंगदत्त बहुत झगड़ालू स्वभाव का था। आस-पास दो-तीन और भी कुएँ थे। उनमें भी मेढक रहते थे। हर कुएँ के मेढकों का अपना राजा था। हर राजा से किसी-न-किसी बात पर गंगदत्त का झगड़ा चलता ही रहता था। वह अपनी मूर्खता से कोई गलत काम करने लगता और बुद्धिमान मेढक रोकने की कोशिश करता तो मौका मिलते ही अपने पाले गुंडे मेढकों से पिटवा देता। कुएँ के मेढकों के मन में गंगदत्त के प्रति रोष बढ़ता ही जा रहा था।

एक दिन गंगदत्त पड़ोसी मेढक राजा से खूब झगड़ा। खूब तू-तू, मैं-मैं हुई। गंगदत्त ने अपने कुएँ में आकर बताया कि पड़ोसी राजा ने उसका अपमान किया है। अपमान का बदला लेने के लिए उसने अपने मेढकों को आदेश दिया कि पड़ोसी कुएँ पर हमला करें। सब जानते थे कि झगड़ा गंगदत्त ने ही शुरू किया होगा।

कुछ सयाने मेढकों तथा बुद्धिमानों ने एकजुट होकर एक स्वर में कहा, ‘‘राजन, पड़ोसी कुएँ में हमसे दुगने मेढक हैं। वे स्वस्थ व हमसे अधिक ताकतवर हैं। हम यह लड़ाई नहीं लड़ेंगे।’’

गंगदत्त सन्न रह गया और बुरी तरह तिलमिला गया। मन-ही-मन में उसने ठान ली कि इन गद्दारों को भी सबक सिखाना होगा। गंगदत्त ने अपने बेटों को बुलाकर भड़काया, ''बेटा, पड़ोसी राजा ने तुम्हारे पिता का घोर अपमान किया है। जाओ, पड़ोसी राजा के बेटों की ऐसी पिटाई करो कि वे पानी माँगने लग जाएँ।''

गंगदत्त के बेटे एक-दूसरे का मुँह देखने लगे। आखिर बड़े बेटे ने कहा, ''पिताजी, आपने कभी हमें टर्राने की इजाजत नहीं दी। टर्राने से ही मेढकों में बल आता है, हौसला आता है और जोश आता है। आप ही बताइए कि बिना हौसले और जोश के हम किसी की क्या पिटाई कर पाएँगे?''

अब गंगदत्त सबसे चिढ़ गया। एक दिन वह कुढ़ता और बड़बड़ाता कुएँ से बाहर निकलकर इधर-उधर घूमने लगा। उसे एक भयंकर नाग पास ही बने अपने बिल में घुसता नजर आया। उसकी आँखें चमकी। जब अपने ही दुश्मन बन गए हों तो दुश्मन को अपना बनाना चाहिए। यह सोचकर वह बिल के पास जाकर बोला, ''नागदेव, मेरा प्रणाम।''

नागदेव फुफकारा, ''अरे मेढक मैं तुम्हारा बैरी हूँ। तुम्हें खा जाता हूँ और तुम मेरे बिल के आगे आकर मुझे आवाज दे रहे हो।''

गंगदत्त टर्राया, ''हे नाग, कभी-कभी शत्रुओं से ज्यादा अपने दुःख देने लगते हैं। मेरा अपनी जाति वालों और सगों ने इतना घोर अपमान किया है कि उन्हें सबक सिखाने के लिए मुझे तुम जैसे शत्रु के पास सहायता माँगने आना पड़ा है। तुम मेरी दोस्ती स्वीकार करो और मजे करो।''

नाग ने बिल से अपना सिर बाहर निकाला और बोला, ''मजे, कैसे मजे?''

गंगदत्त ने कहा ''मैं तुम्हें इतने मेढक खिलाऊँगा कि तुम मुटाते-मुटाते अजगर बन जाओगे।''

नाग ने शंका व्यक्त की, ''पानी में मैं जा नहीं सकता। कैसे पकड़ूँगा मेढक?''

गंगदत्त ने ताली बजाई, ''नाग भाई, यहीं तो मेरी दोस्ती तुम्हारे काम

आएगी। मैंने पड़ोसी राजाओं के कुओं पर नजर रखने के लिए अपने जासूस मेढकों से गुप्त सुरंगें खुदवा रखी हैं। हर कुएँ तक उनका रास्ता जाता है। सुरंगें जहाँ मिलती हैं, वहाँ एक कक्ष है। तुम वहाँ रहना और जिस-जिस मेढक को खाने के लिए कहूँ, उन्हें खाते जाना।''

नाग गंगदत्त से दोस्ती के लिए तैयार हो गया, क्योंकि उसमें उसका लाभ-ही-लाभ था। एक मूर्ख बदले की भावना में अंधा होकर अपना ही दुश्मन हो जाए तो दुश्मन क्यों न इसका लाभ उठाए?

नाग गंगदत्त के साथ सुरंग कक्ष में जाकर बैठ गया। गंगदत्त ने पहले सारे पड़ोसी मेढक राजाओं और उनकी प्रजा को खाने के लिए कहा। नाग कुछ सप्ताह में सारे मेढकों को खा गया। जब सब समाप्त हो गए तो नाग गंगदत्त से बोला, ''अब किसे खाऊँ? जल्दी बता। चौबीस घंटे पेट फुल रखने की आदत पड़ गई है।''

गंगदत्त ने कहा, ''अब मेरे कुएँ के सभी सयानों और बुद्धिमान मेढकों को खाओ।''

वह खाए जा चुके तो प्रजा की बारी आई। गंगदत्त ने सोचा, ''प्रजा की ऐसी-तैसी। हर समय कुछ-न-कुछ शिकायत करती रहती है। उनको खाने के बाद नाग ने खाना माँगा तो गंगदत्त बोला, ''नागमित्र, अब केवल मेरा कुनबा और मेरे मित्र बचे हैं। खेल खत्म और मेढक हजम।''

नाग ने फन फैलाया और फुफकारने लगा, ''मेढक, मैं अब कहीं नहीं जाने का। तू अब खाने का इंतजाम कर वरना हिस्स।''

गंगदत्त की बोलती बंद हो गई। उसने नाग को अपने मित्र खिलाए, फिर उसके बेटे नाग के पेट में गए। गंगदत्त ने सोचा कि मैं और मेढकी जिंदा रहे तो बेटे और पैदा कर लेंगे। बेटे खाने के बाद नाग फुफकारा, ''और खाना कहाँ है? गंगदत्त ने डरकर मेढकी की ओर इशारा किया। गंगदत्त ने स्वयं के मन को समझाया, ''चलो बूढ़ी मेढकी से छुटकारा मिला। नई जवान मेढकी से विवाह कर नया संसार बसाऊँगा।''

मेढकी को खाने के बाद नाग ने मुँह फाड़ा, ''खाना।''

गंगदत्त ने हाथ जोड़े, "अब तो केवल मैं बचा हूँ। तुम्हारा दोस्त गंगदत्त। अब लौट जाओ।"

नाग बोला, "तू कौन सा मेरा मामा लगता है।" और उसे हड़प गया।

सीख : जैसी करनी वैसी भरनी।

□

11
नादान उल्लू

एक जंगल में पहाड़ की चोटी पर एक किला बना था। किले के एक कोने के साथ बाहर की ओर एक ऊँचा विशाल देवदार का पेड़ था। किले में उस राज्य की सेना की एक टुकड़ी तैनात थी। देवदार के पेड़ पर एक उल्लू रहता था। वह भोजन की तलाश में नीचे घाटी में फैले ढलवाँ चरागाहों में आता। चरागाहों की लंबी घास व झाड़ियों में कई छोटे-मोटे जीव व कीट-पतंगे मिलते, जिन्हें उल्लू अपना भोजन बनाता। निकट ही एक बड़ी झील थी, जिसमें हंसों का निवास था। उल्लू पेड़ पर बैठा झील को निहारा करता। उसे हंसों का तैरना व उड़ना मंत्रमुग्ध करता। वह सोचा करता कि कितना शानदार पक्षी है हंस। एकदम दूध सा सफेद, गुलगुला शरीर, सुराहीदार गरदन, सुंदर मुख व तेजस्वी आँखें। उसकी बड़ी इच्छा होती किसी हंस से उसकी दोस्ती हो जाए।

एक दिन उल्लू पानी पीने के बहाने झील के किनारे उगी एक झाड़ी पर उतरा। निकट ही एक बहुत शालीन व सौम्य हंस पानी में तैर रहा था। हंस तैरता हुआ झाड़ी के निकट आया।

उल्लू ने बात करने का बहाना ढूँढ़ा, ''हंसजी, आपकी आज्ञा हो तो पानी पी लूँ। बड़ी प्यास लगी है।''

हंस ने चौंककर उसे देखा और बोला, "मित्र! पानी प्रकृति द्वारा सबको दिया गया वरदान है। उस पर किसी एक का अधिकार नहीं।"

उल्लू ने पानी पीया। फिर सिर हिलाया जैसे उसे निराशा हुई हो। हंस ने पूछा, "मित्र! असंतुष्ट नजर आते हो। क्या प्यास नहीं बुझी?"

उल्लू ने कहा, "हे हंस! पानी की प्यास तो बुझ गई, पर आपकी बातों से मुझे ऐसा लगा कि आप नीति व ज्ञान के सागर हैं। मुझमें उसकी प्यास जग गई है। वह कैसे बुझेगी?"

हंस मुसकराया, "मित्र, आप कभी भी यहाँ आ सकते हैं। हम बातें करेंगे। इस प्रकार मैं जो जानता हूँ, वह आपका हो जाएगा और मैं भी आपसे कुछ सीखूँगा।"

इसके पश्चात् हंस व उल्लू रोज मिलने लगे। एक दिन हंस ने उल्लू को बता दिया कि वह वास्तव में हंसों का राजा हंसराज है। अपना असली परिचय देने के बाद हंस अपने मित्र को निमंत्रण देकर अपने घर ले गया। शाही ठाठ थे। खाने के लिए कमल व नरगिस के फूलों के व्यंजन परोसे गए और जाने क्या-क्या दुर्लभ खाद्य थे, उल्लू को पता ही नहीं लगा। बाद में सौंफ-इलाइची की जगह मोती पेश किए गए। उल्लू दंग रह गया।

अब हंसराज उल्लू को महल में ले जाकर खिलाने-पिलाने लगा। रोज दावत उड़ती। उसे डर लगने लगा कि किसी दिन साधारण उल्लू समझकर हंसराज दोस्ती न तोड़ ले, इसलिए स्वयं को हंसराज की बराबरी का बनाए रखने के लिए उसने झूठ-मूठ कह दिया कि वह भी उल्लूओं का राजा उलूकराज है। झूठ कहने के बाद उल्लू को लगा कि उसका भी फर्ज बनता है कि हंसराज को अपने घर बुलाए।

एक दिन उल्लू ने दुर्ग के भीतर होनेवाली गतिविधियों को गौर से देखा और उसके दिमाग में एक युक्ति आई। उसने दुर्ग की बातों को खूब ध्यान से समझा। सैनिकों के कार्यक्रम नोट किए। फिर वह चला हंस के पास। जब वह झील पर पहुँचा, तब हंसराज कुछ हंसनियों के साथ जल में तैर रहा था। उल्लू को देखते ही हंस बोला, "मित्र, आप इस समय?"

उल्लू ने उत्तर दिया, "हाँ मित्र! मैं आपको आज अपना घर दिखाने व अपना मेहमान बनाने के लिए ले जाने आया हूँ। मैं कई बार आपका मेहमान बना हूँ। मुझे भी सेवा का मौका दें।"

हंस ने टालना चाहा, "मित्र, इतनी जल्दी क्या है, फिर कभी चलेंगे।"

उल्लू ने कहा, "आज तो आपको लिए बिना नहीं जाऊँगा।"

हंसराज को उल्लू के साथ जाना ही पड़ा।

पहाड़ की चोटी पर बने किले की ओर इशारा कर उल्लू उड़ते-उड़ते बोला, "वह मेरा किला है।"

हंस बड़ा प्रभावित हुआ। वे दोनों जब उल्लू के आवास वाले पेड़ पर उतरे तो किले के सैनिकों की परेड शुरू होनेवाली थी। दो सैनिक बुर्ज पर बिगुल बजाने लगे। उल्लू दुर्ग के सैनिकों के दैनिक कार्यक्रम को याद कर चुका था, इसलिए ठीक समय पर हंसराज को ले आया था। उल्लू बोला, "देखो मित्र, आपके स्वागत में मेरे सैनिक बिगुल बजा रहे हैं। उसके बाद मेरी सेना परेड और सलामी देकर आपको सम्मानित करेगी।"

नित्य की तरह परेड हुई और झंडे को सलामी दी गई। हंस समझा सचमुच उसी के लिए यह सब हो रहा है। अतः हंस ने गद्‌गद होकर कहा, "धन्य हैं मित्र। आप तो एक शूरवीर राजा की भाँति राज कर रहे हैं।"

उल्लू ने हंसराज पर रोब डाला, "मैंने अपने सैनिकों को आदेश दिया है कि जब तक मेरे परम मित्र राजा हंसराज मेरे अतिथि हैं, तब तक इसी प्रकार रोज बिगुल बजे व सैनिकों की परेड निकले।"

उल्लू को पता था कि सैनिकों का यह रोज का काम है। दैनिक नियम है। हंस को उल्लू ने फल, अखरोट व बनफशा के फूल खिलाए। उनको वह पहले ही जमा कर चुका था। भोजन का महत्त्व नहीं रह गया। सैनिकों की परेड का जादू अपना काम कर चुका था। हंसराज के दिल में उल्लू मित्र के लिए बहुत सम्मान पैदा हो चुका था।

उधर सैनिक टुकड़ी को वहाँ से कूच करने के आदेश मिल चुके थे। दूसरे दिन सैनिक अपना सामान समेटकर जाने लगे तो हंस ने कहा, "मित्र,

देखो आपके सैनिक आपकी आज्ञा लिये बिना कहीं जा रहे हैं।''

उल्लू हड़बड़ाकर बोला, ''किसी ने उन्हें गलत आदेश दिया होगा। मैं अभी रोकता हूँ उन्हें।'' ऐसा कह वह 'हू-हू' करने लगा।

सैनिकों ने उल्लू का घुघुआना सुना व अपशकुन समझकर जाना स्थगित कर दिया। दूसरे दिन फिर वही हुआ। सैनिक जाने लगे तो उल्लू घुघुआया। सैनिकों के नायक ने क्रोधित होकर सैनिकों को मनहूस उल्लू को तीर मारने का आदेश दिया। एक सैनिक ने तीर छोड़ा। तीर उल्लू की बगल में बैठे हंस को लगा। वह तीर खाकर नीचे गिरा व फड़फड़ाकर मर गया। उल्लू उसकी लाश के पास शोकाकुल हो विलाप करने लगा, ''हाय, मैंने अपनी झूठी शान के चक्कर में अपना परम मित्र खो दिया। धिक्कार है मुझे।''

उल्लू को आस-पास की खबर से बेसुध होकर रोते देखकर एक सियार उस पर झपटा और उसका काम तमाम कर दिया।

सीख : झूठी शान महँगी पड़ती है। कभी झूठी शान के चक्कर में न पड़ें।

□

12
झूठी भक्ति

किसी जंगल में बहुत समय पहले एक सियार रहता था। वह बहुत आलसी था। पेट भरने के लिए खरगोशों व चूहों का पीछा करना व उनका शिकार करना, उसे बड़ा भारी लगता था। शिकार करने में परिश्रम तो करना ही पड़ता है न। दिमाग उसका शैतानी था। यही तिकड़म लगाता रहता कि कैसे ऐसी जुगत लगाई जाए, जिससे बिना हाथ-पैर हिलाए भोजन मिलता रहे। खाया और सो गए। एक दिन उसी सोच में डूबा वह सियार एक झाड़ी में दुबका बैठा था।

बाहर चूहों की एक टोली उछल-कूद व भाग-दौड़ करने में लगी थी। उनमें एक मोटा सा चूहा था, जिसे दूसरे चूहे 'सरदार' कहकर बुला रहे थे और उसका आदेश मान रहे थे। सियार उन्हें देखता रहा। उसके मुँह से लार टपकती रही। फिर उसके दिमाग में एक तरकीब आई।

जब चूहे वहाँ से गए तो उसने दबे पाँव उनका पीछा किया। कुछ ही दूर उन चूहों के बिल थे। सियार वापस लौटा। दूसरे दिन प्रात: ही वह उन चूहों के बिल के पास जाकर एक टाँग पर खड़ा हो गया। उसका मुँह उगते सूरज की ओर था। आँखें बंद थीं।

चूहे बिलों से निकले तो सियार को उस अनोखी मुद्रा में खड़े देखकर

वे बहुत चकित हुए। एक चूहे ने जरा सियार के निकट जाकर पूछा, ''सियार मामा, तुम इस प्रकार एक टाँग पर क्यों खड़े हो ?''

सियार एक आँख खोलकर बोला, ''मूर्ख, तूने मेरे बारे में नहीं सुना कभी ? मैं चारों टाँगें नीचे टिका दूँगा तो धरती मेरा बोझ नहीं सँभाल पाएगी। यह डोल जाएगी। साथ ही तुम सब नष्ट हो जाओगे। तुम्हारे ही कल्याण के लिए मुझे एक टाँग पर खड़े रहना पड़ता है।''

चूहों में खुसर-पुसर हुई। वे सियार के निकट आकर खड़े हो गए। चूहों के सरदार ने कहा, ''हे महान् सियार, हमें अपने बारे में कुछ बताइए।''

सियार ने ढोंग रचा, ''मैंने सैकड़ों वर्ष हिमालय पर्वत पर एक टाँग पर खड़े होकर तपस्या की। मेरी तपस्या समाप्त होने पर सभी देवताओं ने मुझ पर फूलों की वर्षा की। भगवान् ने प्रकट होकर कहा कि मेरे तप से मेरा भार इतना हो गया है कि मैं चारों पैर धरती पर रखूँ तो धरती गिरती हुई ब्रह्मांड को फोड़कर दूसरी ओर निकल जाएगी। धरती मेरी कृपा पर ही टिकी रहेगी। तबसे मैं एक टाँग पर ही खड़ा हूँ। मैं नहीं चाहता कि मेरे कारण दूसरे जीवों को कष्ट हो।''

चूहों का समूह महा तपस्वी सियार के सामने हाथ जोड़कर खड़ा हो गया। एक चूहे ने पूछा, ''तपस्वी मामा, आपने अपना मुँह सूरज की ओर क्यों कर रखा है ?''

सियार ने उत्तर दिया, ''सूर्य की पूजा के लिए।''

''और आपका मुँह क्यों खुला है ?'' दूसरे चूहे ने पूछा।

''हवा खाने के लिए! मैं केवल हवा खाकर जिंदा रहता हूँ। मुझे खाना खाने की जरूरत नहीं पड़ती। मेरे तप का बल हवा को ही पेट में भाँति-भाँति के पकवानों में बदल देता है।'' सियार बोला।

उसकी इस बात को सुनकर चूहों पर जबरदस्त प्रभाव पड़ा। अब सियार की ओर से उनका सारा भय जाता रहा। वे उसके और निकट आ गए। अपनी बात का असर चूहों पर होता देख मक्कार सियार दिल-ही-दिल में खूब हँसा। अब चूहे महा तपस्वी सियार के भक्त बन गए। सियार एक टाँग पर खड़ा रहता और चूहे उसके चारों ओर बैठकर ढोलक, मजीरे, खड़ताल और

चिमटे लेकर उसके भजन गाते।

भजन कीर्तन समाप्त होने के बाद चूहों की टोली भक्ति रस में डूबकर अपने बिलों में घुसने लगतो तो सियार सबसे बाद के तीन-चार चूहों को दबोचकर खा जाता। फिर रातभर आराम करता, सोता और डकारें लेता।

सुबह होते ही फिर वह चूहों के बिलों के पास आकर एक टाँग पर खड़ा हो जाता और अपना नाटक चालू रखता। धीरे-धीरे चूहों की संख्या कम होने लगी। चूहों के सरदार की नजर से यह बात छिपी नहीं रही। एक दिन सरदार ने सियार से पूछ ही लिया, "हे महात्मा सियार, मेरी टोली के चूहे मुझे कम होते नजर आ रहे हैं। ऐसा क्यों हो रहा है?"

सियार ने आशीर्वाद की मुद्रा में हाथ उठाया, "हे चतुर मूषक, यह तो होना ही था। जो सच्चे मन से मेरी भक्ति करेगा, वह सशरीर बैकुंठ को जाएगा। बहुत से चूहे भक्ति का फल पा रहे हैं।"

चूहों के सरदार ने देखा कि सियार मोटा हो गया है। कहीं उसका पेट ही तो वह बैकुंठ लोक नहीं है, जहाँ चूहे जा रहे हैं?

चूहों के सरदार ने बाकी बचे चूहों को चेताया और स्वयं उसने दूसरे दिन सबसे बाद में बिल में घुसने का निश्चय किया। भजन समाप्त होने के बाद चूहे बिलों में घुसे। सियार ने सबसे अंत के चूहे को दबोचना चाहा।

चूहों का सरदार पहले ही चौकन्ना था। वह दाँव मारकर सियार का पंजा बचा गया। असलियत का पता चलते ही वह उछलकर सियार की गरदन पर चढ़ गया और उसने बाकी चूहों को हमला करने के लिए कहा। साथ ही उसने अपने दाँत सियार की गरदन में गड़ा दिए। बाकी चूहे भी सियार पर झपटे और सबने कुछ ही देर में महात्मा सियार को कंकाल सियार बना दिया। केवल उसकी हड्डियों का पिंजर बचा रह गया।

सीख : ढोंग ज्यादा दिन नहीं चलता। ढोंगी को करनी का फल मिलता ही है।

□

13
ढोल की पोल

एक बार एक जंगल के निकट दो राजाओं के बीच घोर युद्ध हुआ। एक जीता दूसरा हारा। सेनाएँ अपने नगरों को लौट गईं। बस, सेना का एक ढोल पीछे रह गया। उस ढोल को बजा-बजाकर सेना के साथ गए भाँड व चारण रात को वीरता की कहानियाँ सुनाते थे।

युद्ध के बाद एक दिन आँधी आई। आँधी के जोर में वह ढोल लुढ़कते-पुढ़कते एक सूखे पेड़ के पास जाकर टिक गया। उस पेड़ की सूखी टहनियाँ ढोल से इस तरह से सट गई थी कि तेज हवा चलते ही ढोल पर टकरा जाती थी और ढमाढम-ढमाढम की आवाज गुंजायमान होती।

एक सियार उस क्षेत्र में घूमता था। उसने ढोल की आवाज सुनी। वह बड़ा भयभीत हुआ। ऐसी अजीब आवाज बोलते पहले उसने किसी जानवर को नहीं सुना था। वह सोचने लगा कि यह कैसा जानवर है, जो ऐसी जोरदार बोली बोलता है, 'ढमाढम'। सियार छिपकर ढोल को देखता रहता, यह जानने के लिए कि यह जीव उड़नेवाला है या चार टाँगों पर दौड़नेवाला।

एक दिन सियार झाड़ी के पीछे छुपकर ढोल पर नजर रखे था। तभी पेड़ से नीचे उतरती हुई एक गिलहरी कूदकर ढोल पर उतरी। हल्की सी

ढम की आवाज भी हुई। गिलहरी ढोल पर बैठी दाना कुतरती रही।

सियार बड़बड़ाया, 'ओह! तो यह कोई हिंसक जीव नहीं हैं। मुझे भी डरना नहीं चाहिए।'

सियार फूँक-फूँककर कदम रखता ढोल के निकट पहुँचा। उसे सूँघा। ढोल का उसे न कहीं सिर नजर आया और न पैर। तभी हवा के झोंके से टहनियाँ ढोल से टकराईं। ढम की आवाज हुई और सियार उछलकर पीछे जा गिरा।

'अब समझ आया।' सियार उठने की कोशिश करता हुआ बोला, "यह तो बाहर का खोल है। जीव इस खोल के अंदर है। आवाज बता रही है कि जो कोई जीव इस खोल के भीतर रहता है, वह मोटा-ताजा होना चाहिए। चरबी से भरा शरीर। तभी ये ढम-ढम की जोरदार बोली बोलता है।"

अपनी माँद में घुसते ही सियार बोला, "ओ सियारी! दावत खाने के लिए तैयार हो जा। एक मोटे-ताजे शिकार का पता लगाकर आया हूँ।"

सियारी पूछने लगी, "तुम उसे मारकर क्यों नहीं लाए?"

सियार ने उसे झिड़की दी, "क्योंकि मैं तेरी तरह मूर्ख नहीं हूँ। वह एक खोल के भीतर छिपा बैठा है। खोल ऐसा है कि उसमें दो तरफ सूखी चमड़ी के दरवाजे हैं। मैं एक तरफ से हाथ डाल उसे पकड़ने की कोशिश करता तो वह दूसरे दरवाजे से न भाग जाता?"

चाँद निकलने पर दोनों ढोल की ओर गए। जब वे निकट पहुँच ही रहे थे कि फिर हवा से टहनियाँ ढोल पर टकराईं और ढम-ढम की आवाज निकली। सियार सियारी के कान में बोला, "सुनी उसकी आवाज? जरा सोच जिसकी आवाज ऐसी गहरी है, वह खुद कितना मोटा-ताजा होगा।"

दोनों ढोल को सीधा कर उसके दोनों ओर बैठे और लगे दाँतों से ढोल के दोनों चमड़ी वाले भाग के किनारे फाड़ने। जैसे ही चमड़ियाँ कटने लगी, सियार बोला, "होशियार रहना। एक साथ हाथ अंदर डाल शिकार को दबोचना है।" दोनों ने 'हूँ' की आवाज के साथ हाथ ढोल के भीतर

डाले और अंदर टटोलने लगे, लेकिन अंदर कुछ नहीं था। एक-दूसरे के हाथ ही पकड़ में आए। दोनों चिल्लाए, "हंय, यहाँ तो कुछ नहीं है।" और वे माथा पीटकर रह गए।

सीख : शेखी मारनेवाले लोग ढोल की तरह ही अंदर से खोखले होते हैं।

□

14
भाग्य भरोसे

एक नदी के किनारे उसी नदी से जुड़ा एक बड़ा तालाब था। उस तालाब में बहुत सी मछलियाँ रहती थीं। अंडे देने के लिए तो सभी मछलियाँ उस तालाब में आती थीं। वह तालाब लंबी घास व झाड़ियों द्वारा घिरा होने के कारण आसानी से नजर नहीं आता था।

उसमें तीन मछलियाँ रहती थीं। उनके स्वभाव भिन्न थे। अन्ना संकट आने के लक्षण मिलते ही संकट टालने का उपाय करने में विश्वास रखती थी। प्रत्यु कहती थी कि संकट आने पर ही उससे बचने का यत्न करो। यद्दी का सोचना था कि संकट को टालने या उससे बचने की बात बेकार है। करने कराने से कुछ नहीं होता, जो किस्मत में लिखा है, वह होकर रहेगा।

एक दिन शाम को मछुआरे नदी में मछलियाँ पकड़कर घर जा रहे थे। उनके जाल में बहुत कम मछलियाँ फँसी थीं। अत: वे उदास थे। तभी उन्हें झाड़ियों के ऊपर मछलीखोर पक्षियों का झुंड जाता दिखाई दिया। सबकी चोंच में मछलियाँ दबी थीं। वे चौंके।

एक ने अनुमान लगाया, ''दोस्तो! लगता है झाड़ियों के पीछे नदी से जुड़ा तालाब है, जहाँ इतनी सारी मछलियाँ पल रही हैं।''

मछुआरे खुश होकर झाड़ियों में से होकर तालाब के तट पर आ गए

और ललचाई नजर से मछलियों को देखने लगे।

एक मछुआरा बोला, ''अहा! इस तालाब में तो मछलियाँ भरी पड़ी हैं। आज तक हमें इसका पता ही नहीं लगा।''

''यहाँ हमें ढेर सारी मछलियाँ मिलेंगी।'' दूसरा बोला।

तीसरे ने कहा, ''आज तो शाम घिरने वाली है। कल सुबह ही आकर यहाँ जाल डालेंगे।''

इस प्रकार मछुआरे दूसरे दिन का कार्यक्रम तय करके चले गए। तीनों मछलियों ने मछुआरों की बात सुन ली थी।

अन्ना मछली ने कहा, ''साथियो! तुमने मछुआरे की बात सुनी। अब हमारा यहाँ रहना खतरे से खाली नहीं है। खतरे की सूचना हमें मिल गई है। समय रहते अपनी जान बचाने का उपाय करना चाहिए। मैं तो अभी इस तालाब को छोड़कर नहर के रास्ते नदी में जा रही हूँ। उसके बाद मछुआरे सुबह आएँ, जाल फेंके, मेरी बला से। तब तक मैं तो बहुत दूर अठखेलियाँ कर रही होऊँगी।''

प्रत्यु मछली बोली, ''तुम्हें जाना है तो जाओ, मैं तो नहीं आ रही। अभी खतरा आया कहाँ है, जो इतना घबराने की जरूरत है। हो सकता है संकट आए ही न। उन मछुआरों का यहाँ आने का कार्यक्रम रद्द हो सकता है, हो सकता है रात को उनके जाल चूहे कुतर जाएँ, हो सकता है उनकी बस्ती में आग लग जाए। भूचाल आकर उनके गाँव को नष्ट कर सकता है या रात को मूसलाधार वर्षा आ सकती है और बाढ़ में उनका गाँव बह सकता है, इसलिए उनका आना निश्चित नहीं है। जब वे आएँगे, तब-की-तब सोचेंगे। हो सकता है कि मैं उनके जाल में ही न फँसूँ।''

यद्दी ने अपनी भाग्यवादी बात कही, ''भागने से कुछ नहीं होने का। मछुआरों को आना है तो वह आएँगे। हमें जाल में फँसना है तो हम फँसेंगे। किस्मत में मरना ही लिखा है तो क्या किया जा सकता है?''

इस प्रकार अन्ना तो उसी समय वहाँ से चली गई। प्रत्यु और यद्दी तालाब में ही रहीं। भोर हुई तो मछुआरे अपने जाल को लेकर आए और

लगे तालाब में जाल फेंकने और मछलियाँ पकड़ने। संकट को आया देख लगी जान बचाने के उपाय सोचने। उसका दिमाग तेजी से काम करने लगा। आस-पास छिपने के लिए कोई खोखली जगह भी नहीं थी। तभी उसे याद आया कि उस तालाब में काफी दिनों से एक मरे हुए ऊदबिलाव की लाश तैरती रही हैं। वह उसके बचाव के काम आ सकती है।

जल्दी ही उसे वह लाश मिल गई। लाश सड़ने लगी थी। प्रत्यु लाश के पेट में घुस गई और सड़ती लाश की सड़ाँध अपने ऊपर लपेटकर बाहर निकली। कुछ ही देर में मछुआरे के जाल में प्रत्यु फँस गई। मछुआरे ने अपना जाल खींचा और मछलियों को किनारे पर जाल से उलट दिया। बाकी मछलियाँ तो तड़पने लगीं, परंतु प्रत्यु दम साधकर मरी हुई मछली की तरह पड़ी रही। मछुआरे को सड़ाँध का भभका लगा तो मछलियों को देखने लगा। उसने निश्चल पड़ी प्रत्यु को उठाया और सूँघा, "आक! यह तो कई दिनों की मरी मछली है। सड़ चुकी है।" ऐसे बड़बड़ाकर बुरा सा मुँह बनाकर उस मछुआरे ने प्रत्यु को तालाब में फेंक दिया।

प्रत्यु अपनी बुद्धि का प्रयोग कर संकट से बच निकलने में सफल हो गई थी। पानी में गिरते ही उसने गोता लगाया और सुरक्षित गहराई में पहुँचकर जान की खैर मनाई।

यद्दी भी दूसरे मछुआरे के जाल में फँस गई थी और एक टोकरे में डाल दी गई थी। भाग्य के भरोसे बैठी रहनेवाली यद्दी ने उसी टोकरी में अन्य मछलियों की तरह तड़प-तड़पकर प्राण त्याग दिए।

सीख : भाग्य के भरोसे हाथ-पर-हाथ धरकर बैठे रहनेवाले का विनाश निश्चित है।

□

15
स्वार्थ

एक पर्वत के समीप बिल में मंदविष नामक एक बूढ़ा साँप रहता था। अपनी जवानी में वह बड़ा रोबीला साँप था। जब वह लहराकर चलता तो बिजली सी कौंध जाती थी, पर बुढ़ापा तो बड़े-बड़ों का तेज हर लेता है। बुढ़ापे की मार से मंदविष का शरीर कमजोर पड़ गया था। उसके विषदंत हिलने लगे थे और फुफकारते हुए दम फूल जाता था। जो चूहे उसके साये से भी दूर भागते थे, वे अब उसके शरीर को फाँदकर उसे चिढ़ाते हुए निकल जाते। पेट भरने के लिए चूहों के भी लाले पड़ गए थे। मंदविष इसी उधेड़बुन में लगा रहता कि किस प्रकार आराम से भोजन का स्थायी प्रबंध किया जाए। एक दिन उसे एक उपाय सूझा और उसे आजमाने के लिए वह दादुर सरोवर के किनारे जा पहुँचा। दादुर सरोवर में मेढकों की भरमार थी। वहाँ उन्हीं का राज था। मंदविष वहाँ इधर-उधर घूमने लगा। तभी उसे एक पत्थर पर मेढकों का राजा बैठा नजर आया। मंदविष ने उसे नमस्कार किया, ''महाराज की जय हो।''

मेढकराज चौंका, ''तुम! तुम तो हमारे बैरी हो। मेरी जय का नारा क्यों लगा रहे हो?''

मंदविष विनम्र स्वर में बोला, ''राजन, वे पुरानी बातें हैं। अब तो मैं

आप मेढकों की सेवा करके पापों को धोना चाहता हूँ। शाप से मुक्ति चाहता हूँ। ऐसा ही मेरे नागगुरु का आदेश है।''

मेढकराज ने पूछा, ''उन्होंने ऐसा विचित्र आदेश क्यों दिया?''

मंदविष ने मनगढ़ंत कहानी सुनाई, ''राजन्, एक दिन मैं एक उद्यान में घूम रहा था। वहाँ कुछ मानव बच्चे खेल रहे थे। गलती से एक बच्चे का पैर मुझ पर पड़ गया और स्वाभाववश मैंने उसे काटा और वह बच्चा मर गया। मुझे सपने में भगवान् श्रीकृष्ण नजर आए और शाप दिया कि मैं वर्ष समाप्त होते ही पत्थर का हो जाऊँगा। मेरे गुरुदेव ने कहा कि बालक की मृत्यु का कारण बन मैंने कृष्णजी को रुष्ट कर दिया है, क्योंकि बालक कृष्ण का ही रूप होते हैं। बहुत गिड़गिड़ाने पर गुरुजी ने शाप मुक्ति का उपाय बताया। उपाय यह है कि मैं वर्ष के अंत तक मेढकों को पीठ पर बैठाकर सैर कराऊँ।''

मंदविष की बात सुनकर मेढकराज चकित रह गया। साँप की पीठ पर सवारी करने का आज तक किस मेढक को सुख प्राप्त हुआ? उसने सोचा कि यह तो एक अनोखा काम होगा। मेढकराज सरोवर में कूद गया और सारे मेढकों को इकट्ठा कर मंदविष की बात सुनाई। सभी मेढक भौंचक्के रह गए।

एक बूढ़ा मेढक बोला, ''मेढक एक सर्प की सवारे करे। यह एक अद्‌भुत बात होगी। हम लोग संसार में सबसे श्रेष्ठ मेढक माने जाएँगे।''

साँप की पीठ पर सैर के लालच ने सभी मेढकों की अक्ल पर परदा डाल दिया। सभी ने 'हाँ-में-हाँ' मिलाई। मेढकराज ने बाहर आकर मंदविष से कहा, ''सर्प, हम तुम्हारी सहायता करने के लिए तैयार हैं।''

बस फिर क्या था। आठ-दस मेढक मंदविष की पीठ पर सवार हो गए और निकली सवारी। सबसे आगे राजा बैठा। मंदविष ने इधर-उधर सैर कराकर उन्होंने सरोवर तट पर उतार दिया। मेढक मंदविष के कहने पर उसके सिर पर से होते हुए आगे उतरे। मंदविष सबसे पीछे वाले मेढक को गप्प कर गया। अब तो रोज यही क्रम चलने लगा। रोज मंदविष की पीठ पर मेढकों की सवारी निकलती और सबसे पीछे उतरने वाले को वह खा जाता।

एक दिन एक दूसरे सर्प ने मंदविष को मेढकों को ढोते देख लिया।

बाद में उसने मंदविष को बहुत धिक्कारा, "अरे! क्यों सर्प जाति की नाक कटवा रहा है?"

मंदविष ने उत्तर दिया, "समय पड़ने पर नीति से काम लेना पड़ता है। अच्छे-बुरे का मेरे सामने सवाल नहीं है। कहते हैं कि मुसीबत के समय गधे को भी बाप बनाना पड़े तो बनाओ।"

मंदविष के दिन मजे से कटने लगे। वह पीछेवाले मेढक को इस सफाई से खा जाता कि किसी को पता तक न लगता। मेढक गिनती करना तो जानते नहीं थे, जो माजरा समझ लेते।

एक दिन मेढकराज बोला, "मुझे ऐसा लग रहा है कि सरोवर में मेढक पहले से कम हो गए हैं। पता नहीं क्या बात है?"

मंदविष ने कहा, "हे राजन, सर्प की सवारी करनेवाले महान् मेढक राजा के रूप में आपकी ख्याति दूर-दूर तक पहुँच रही है। यहाँ के बहुत से मेढक आपका यश फैलाने दूसरे सरोवरों, तलों व झीलों में जा रहे हैं।"

मेढकराज की गर्व से छाती फूल गई। अब उसे सरोवर में मेढकों के कम होने का भी गम नहीं था। जितने मेढक कम होते जाते, वह यह सोचकर उतना ही प्रसन्न होता कि सारे संसार में उसका झंडा गड़ रहा है।

आखिर वह दिन भी आया, जब सारे मेढक समाप्त हो गए। केवल मेढकराज अकेला रह गया। उसने स्वयं को अकेले मंदविष की पीठ पर बैठा पाया तो उसने पूछा, "लगता है सरोवर में मैं अकेला रह गया हूँ। मैं अकेला कैसे रहूँगा?"

मंदविष मुसकराया, "राजन, आप चिंता न करें। मैं आपका अकेलापन भी दूर कर दूँगा।"

यह कहते हुए मंदविष ने मेढकराज को भी गप्प से निगल लिया और वहीं भेजा, जहाँ सरोवर के सारे मेढक पहुँचा दिए गए थे।

सीख : शत्रु की बातों पर भरोसा करना घातक होता है।

□

16
युक्ति से मुक्ति

एक जंगल में एक बहुत पुराना बरगद का पेड़ था। उस पेड़ पर घोंसला बनाकर एक कौआ-कौवी का जोड़ा रहता था। उसी पेड़ के खोखले तने में कहीं से आकर एक दुष्ट सर्प आकर रहने लगा। हर वर्ष कौवी अंडे देती और दुष्ट सर्प मौका पाकर उनके घोंसले से अंडे खा जाता। एक बार जब कौआ व कौवी जल्दी भोजन पाकर शीघ्र ही लौट आए तो उन्होंने उस दुष्ट सर्प को अपने घोंसले में रखे अंडों पर झपटते देख लिया।

अंडे खाकर सर्प चला गया। कौए ने कौवी को ढाढ़स बँधाया, ''प्रिये, हिम्मत रखो। अब हमें शत्रु का पता चल गया है। कुछ उपाय भी सोच लेंगे।''

कौए ने काफी सोचा-विचारा और पहले वाले घोंसले को छोड़ उससे काफी ऊपर टहनी पर घोंसला बनाया और कौवी से कहा, ''यहाँ हमारे अंडे सुरक्षित रहेंगे। हमारा घोंसला पेड़ की चोटी पर है और ऊपर आसमान में चील मँडराती रहती हैं। चील साँप की बैरी है। दुष्ट सर्प यहाँ तक आने का साहस नहीं कर पाएगा।''

नए घोंसले में अंडे सुरक्षित रहे और उनमें से बच्चे भी निकल आए।

उधर सर्प उनका घोंसला खाली देखकर यह समझा कि उसके डर से कौआ-कौवी शायद वहाँ से चले गए हैं, पर दुष्ट सर्प टोह लेता रहता था।

उसने देखा कि कौआ-कौवी उसी पेड़ से उड़ते हैं और लौटते भी वहीं हैं। उसे यह समझते देर नहीं लगी कि उन्होंने नया घोंसला उसी पेड़ पर ऊपर बना रखा है। एक दिन सर्प खोह से निकला और उसने कौओं का नया घोंसला खोज लिया।

घोंसले में कौआ दंपती के तीन नवजात शिशु थे। दुष्ट सर्प उन्हें एक-एक करके गपा-गप निगल गया और अपने खोह में लौटकर डकारें लेने लगा।

कौआ व कौवी लौटे तो घोंसला खाली पाकर सन्न रह गए। घोंसले में हुई टूट-फूट व नन्हे कौओं के कोमल पंख बिखरे देखकर वह सारा माजरा समझ गए। कौवी की छाती तो दुःख से फटने लगी। वह बिलख उठी, ''तो क्या हर वर्ष मेरे बच्चे साँप का भोजन बनते रहेंगे?''

कौआ बोला, ''नहीं! यह माना कि हमारे सामने विकट समस्या है, पर यहाँ से भागना ही उसका हल नहीं है। विपत्ति के समय ही मित्र काम आते हैं। हमें मित्र लोमड़ी से सलाह लेनी चाहिए।''

दोनों तुरंत ही लोमड़ी के पास गए। लोमड़ी ने अपने मित्रों की दुःख भरी कहानी सुनी। उसने कौआ तथा कौवी के आँसू पोंछे। लोमड़ी ने काफी सोचने के बाद कहा, ''मित्रो! तुम्हें वह पेड़ छोड़कर जाने की जरूरत नहीं हैं। मेरे दिमाग में एक तरकीब आ रही है, जिससे उस दुष्ट सर्प से छुटकारा पाया जा सकता है।''

लोमड़ी ने अपने चतुर दिमाग में आई तरकीब बताई। लोमड़ी की तरकीब सुनकर कौआ-कौवी खुशी से उछल पड़े। उन्होंने लोमड़ी को धन्यवाद दिया और अपने घोंसले में लौट आए। अगले ही दिन योजना अमल में लानी थी।

उसी वन में बहुत बड़ा सरोवर था। उसमें कमल और नरगिस के फूल खिले रहते थे। हर मंगलवार को उस राज्य की राजकुमारी अपनी सहेलियों के साथ वहाँ जल-क्रीड़ा करने आती थी। उनके साथ अंगरक्षक तथा सैनिक भी आते थे।

इस बार राजकुमारी आई और सरोवर में स्नान करने जल में उतरी तो योजना के अनुसार कौआ उड़ता हुआ वहाँ आया। उसने सरोवर तट पर

राजकुमारी तथा उसकी सहेलियों द्वारा उतारकर रखे गए कपड़ों व आभूषणों पर नजर डाली। कपड़ों में सबसे ऊपर था राजकुमारी का प्रिय हीरे व मोतियों का विलक्षण हार।

कौए ने राजकुमारी तथा सहेलियों का ध्यान अपनी ओर आकर्षित करने के लिए 'काँव-काँव' का शोर मचाया। जब सबकी नजर उसकी ओर घूमी तो कौआ राजकुमारी का हार चोंच में दबाकर ऊपर उड़ गया। सभी सहेलियाँ चीखीं, "देखो, देखो! वह राजकुमारी का हार उठाकर ले जा रहा है।"

सैनिकों ने ऊपर देखा तो एक कौआ हार लेकर धीरे-धीरे उड़ता जा रहा था। सैनिक उसी दिशा में दौड़ने लगे। कौआ सैनिकों को अपने पीछे लगाकर धीरे-धीरे उड़ता हुआ उसी पेड़ की ओर ले आया। जब सैनिक कुछ ही दूर रह गए तो कौए ने राजकुमारी का हार इस प्रकार गिराया कि वह साँप वाले खोह के भीतर जा गिरा।

सैनिक दौड़कर खोह के पास पहुँचे। उनके सरदार ने खोह के भीतर झाँका। उसने वहाँ हार और उसके पास में ही एक काले सर्प को कुंडली मारे देखा। वह चिल्लाया, "पीछे हटो! अंदर एक नाग है।"

सरदार ने खोह के भीतर भाला मारा। सर्प घायल हुआ और फुफकारता हुआ बाहर निकला। जैसे ही वह बाहर आया, सैनिकों ने भालों से उसके टुकड़े-टुकड़े कर डाले।

सीख : बुद्धि के प्रयोग से बड़े-से-बड़े संकट का हल निकाला जा सकता है।

□

17

नकल का दुष्परिणाम

एक पहाड़ की ऊँची चोटी पर एक बाज रहता था। पहाड़ की तराई में बरगद के पेड़ पर एक कौआ अपना घोंसला बनाकर रहता था। वह बड़ा चालाक और धूर्त था। उसकी कोशिश सदा यही रहती थी कि बिना मेहनत खाने को मिल जाए। पेड़ के आस-पास खोह में खरगोश रहते थे। जब भी खरगोश बाहर आते तो बाज ऊँची उड़ान भरता और एकाध खरगोश को उठाकर ले जाता।

एक दिन कौए ने सोचा, ''वैसे तो ये चालाक खरगोश मेरे हाथ आएँगे नहीं, अगर इनका नरम मांस खाना है तो मुझे भी बाज की तरह करना होगा। एकाएक झपट्टा मारकर पकड़ लूँगा।''

दूसरे दिन कौए ने भी एक खरगोश को दबोचने की बात सोचकर ऊँची उड़ान भरी। फिर उसने खरगोश को पकड़ने के लिए बाज की तरह जोर से झपट्टा मारा। अब भला कौआ बाज का क्या मुकाबला करता। खरगोश ने उसे देख लिया और झट वहाँ से भागकर चट्टान के पीछे छिप गया। कौआ अपनी ही झोंक में उस चट्टान से जा टकराया। नतीजा, उसकी चोंच और गरदन टूट गई और उसने वहीं तड़पकर दम तोड़ दिया।

सीख : नकल के लिए भी अकल चाहिए।

□

18
झूठ-सच

किसी गाँव में कौशलेंदु नामक एक ब्राह्मण रहता था। एक बार वह अपने यजमान से एक बकरा लेकर अपने घर जा रहा था। रास्ता लंबा और सुनसान था। आंगे जाने पर रास्ते में उसे तीन ठग मिले। ब्राह्मण के कंधे पर बकरे को देखकर तीनों ने उसे हथियाने की योजना बनाई।

एक ने ब्राह्मण को रोककर कहा, ''पंडितजी यह आप अपने कंधे पर क्या उठा कर ले जा रहे हैं। यह क्या अनर्थ कर रहे हैं ? ब्राह्मण होकर कुत्ते को कंधों पर बैठा कर ले जा रहे हैं।''

ब्राह्मण ने उसे झिड़कते हुए कहा, ''अंधा हो गया है क्या ? दिखाई नहीं देता यह बकरा है।''

पहले ठग ने फिर कहा, ''खैर मेरा काम आपको बताना था। अगर आपको कुत्ता ही अपने कंधों पर ले जाना है तो मुझे क्या ? आप जानें और आपका काम।''

थोड़ी दूर चलने के बाद ब्राह्मण को दूसरा ठग मिला। उसने ब्राह्मण को रोका और कहा, ''पंडितजी, क्या आपको पता नहीं कि उच्च कुल के लोगों को अपने कंधों पर कुत्ता नहीं लादना चाहिए।''

पंडित उसे भी झिड़ककर आगे बढ़ गया। आगे जाने पर उसे तीसरा ठग

मिला। उसने भी ब्राह्मण से उसके कंधे पर कुत्ता ले जाने का कारण पूछा। इस बार ब्राह्मण को विश्वास हो गया कि उसने बकरा नहीं बल्कि कुत्ते को अपने कंधे पर बैठा रखा है। थोड़ी दूर जाकर, उसने बकरे को कंधे से उतार दिया और आगे बढ़ गया। इधर तीनों ठग ने उस बकरे को मारकर खूब दावत उड़ाई।

सीख : किसी झूठ को बार-बार बोलने से वह सच की तरह लगने लगता है। अतः अपने दिमाग से काम लें और अपने आप पर विश्वास करें।

□

19

बंदर का कलेजा

एक नदी किनारे हरा-भरा विशाल पेड़ था। उस पर खूब स्वादिष्ट फल लगे रहते। उसी पेड़ पर एक बंदर रहता था। बड़ा मस्त कलंदर। जी भरकर फल खाता, डालियों पर झूलता और कूदता-फाँदता रहता। उस बंदर के जीवन में एक ही कमी थी कि उसका अपना कोई नहीं था। माँ-बाप के बारे में उसे कुछ याद नहीं था, न उसके कोई भाई था और न कोई बहन, जिनके साथ वह खेलता। उस क्षेत्र में कोई और बंदर भी नहीं था, जिससे वह दोस्ती गाँठ पाता। एक दिन वह एक डाल पर बैठा नदी का नजारा देख रहा था कि उसे एक लंबा विशाल जीव उसी पेड़ की ओर तैरकर आता नजर आया। बंदर ने ऐसा जीव पहले कभी नहीं देखा था। उसने उस विचित्र जीव से पूछा, "अरे भाई, तुम क्या चीज हो ?"

विशाल जीव ने उत्तर दिया, "मैं एक मगरमच्छ हूँ। नदी में इस वर्ष मछलियों का अकाल पड़ गया है। बस, भोजन की तलाश में घूमता-घूमता इधर आ निकला हूँ।"

बंदर साफ दिल का था। उसने सोचा कि पेड़ पर इतने फल हैं, इस बेचारे को भी उनका स्वाद चखना चाहिए। उसने एक फल तोड़कर मगर की ओर फेंका। मगर ने फल खाया, बहुत रसीला और स्वादिष्ट। वह फटाफट

फल खा गया और आशा से फिर बंदर की ओर देखने लगा।

बंदर ने मुसकराकर और फल फेकें। मगर सारे फल खा गया और अंत में उसने संतोष भरी डकार ली और पेट थपथपाकर बोला, ''धन्यवाद, बंदर भाई। खूब छक गया, अब चलता हूँ।'' बंदर ने उसे दूसरे दिन भी आने का न्योता दे दिया।

मगरमच्छ दूसरे दिन आया। बंदर ने उसे फिर फल खिलाए। इसी प्रकार बंदर और मगर में दोस्ती जमने लगी। मगरमच्छ रोज आता, दोनों फल खाते-खिलाते, गपशप मारते। बंदर तो वैसे भी अकेला रहता था। उसे मगरमच्छ से दोस्ती करके बहुत प्रसन्नता हुई। उसका अकेलापन दूर हुआ। एक साथी मिला। दो मिलकर मौज-मस्ती करें तो दुगना आनंद आता है। एक दिन बातों-बातों में पता लगा कि मगरमच्छ का घर नदी के दूसरे तट पर है, जहाँ उसकी पत्नी भी रहती थी। यह जानते ही बंदर ने उलाहना दिया, ''मगर भाई, तुमने इतने दिन मुझे भाभीजी के बारे में नहीं बताया। मैं अपनी भाभीजी के लिए रसीले फल देता। तुम भी अजीब निखट्टू हो अपना पेट भरते रहे और मेरी भाभी के लिए कभी फल लेकर नहीं गए।''

उस शाम बंदर ने मगरमच्छ को जाते समय ढेर सारे फल चुन-चुनकर दिए। अपने घर पहुँचकर मगरमच्छ ने वह फल अपनी पत्नी मगरमच्छनी को दिए। मगरमच्छनी ने स्वाद भरे फल खाए और बहुत संतुष्ट हुई। मगरमच्छ ने उसे अपने मित्र के बारे में बताया। पत्नी को विश्वास न हुआ। वह बोली, ''जाओ, मुझे बना रहे हो। बंदर की कभी किसी मगर से दोस्ती हुई है ?''

मगर ने भरोसा दिलाया, ''यकीन करो भाग्यवान! वरना सोचो यह फल मुझे कहाँ से मिले ? मैं तो पेड़ पर चढ़ने से रहा।''

मगरनी को यकीन करना पड़ा। उस दिन के बाद से मगरनी को रोज बंदर द्वारा भेजे फल खाने को मिलने लगे। उसे फल खाने को मिलते यह तो ठीक था, पर मगर का बंदर से दोस्ती के चक्कर में दिनभर दूर रहना उसे खलने लगा। खाली बैठे-बैठे ऊँच-नीच सोचने लगी।

वह स्वभाव से दुष्टा थी। एक दिन उसका दिल मचल उठा, ''जो बंदर

इतने रसीले फल खाता है, उसका कलेजा कितना स्वादिष्ट होगा?'' अब वह चालें सोचने लगी। एक दिन मगर शाम को घर आया तो उसने मगरनी को कराहते पाया। पूछने पर मगरनी बोली, ''मुझे एक खतरनाक बीमारी हो गई है। वैद्यजी ने कहा है कि यह केवल बंदर का कलेजा खाने से ही ठीक होगी। तुम अपने उस मित्र बंदर का कलेजा ला दो।''

मगर सन्न रह गया। वह अपने मित्र को कैसे मार सकता है? ''न-न, यह नहीं हो सकता।'' मगर को इनकार में सिर हिलाते देख मगरनी जोर से हाय-हाय करने लगी, ''तो फिर मैं मर जाऊँगी। तुम्हारी बला से और मेरे पेट में तुम्हारे बच्चे हैं। वे भी मरेंगे। हम सब मर जाएँगे। तुम अपने बंदर दोस्त के साथ खूब फल खाते रहना। हाय रे, मर गई, मैं मर गई।''

पत्नी की बात सुनकर मगर सिहर उठा। बीवी-बच्चों के मोह ने उसकी अक्ल पर परदा डाल दिया। वह अपने दोस्त से विश्वासघात करने, उसकी जान लेने चल पड़ा।

मगरमच्छ को सुबह-सुबह आते देखकर बंदर चकित हुआ। कारण पूछने पर मगर बोला, ''बंदर भाई, तुम्हारी भाभी बहुत नाराज हैं। कह रही हैं कि देवरजी रोज मेरे लिए रसीले फल भेजते हैं, पर कभी दर्शन नहीं दिए। सेवा का मौका नहीं दिया। आज तुम न आए तो देवर-भाभी का रिश्ता खत्म। तुम्हारी भाभी ने मुझे भी सुबह ही भगा दिया। अगर तुम्हें साथ न ले जा पाया तो वह मुझे भी घर में नहीं घुसने देगी।''

बंदर खुश भी हुआ और चकराया भी, ''मगर मैं आऊँ कैसे? मित्र, तुम तो जानते हो कि मुझे तैरना नहीं आता।'' मगर बोला, ''उसकी चिंता मत करो, मेरी पीठ पर बैठो। मैं ले चलूँगा तुम्हें।''

बंदर मगर की पीठ पर बैठ गया। कुछ दूर नदी में जाने पर ही मगर पानी के अंदर गोते लगाने लगा। बंदर चिल्लाया, ''यह क्या कर रहे हो? मैं डूब जाऊँगा।''

मगर हँसा, ''तुम्हें तो मरना ही है।''

उसकी बात सुनकर बंदर का माथा ठनका, उसने पूछा, ''क्या मतलब?''

मगर ने बंदर को कलेजे वाली सारी बात बता दी। बंदर हक्का-बक्का रह गया। उसे अपने मित्र से ऐसी बेईमानी की आशा नहीं थी।

बंदर चतुर था। तुरंत अपने आप को सँभालकर बोला, "वाह, तुमने मुझे पहले क्यों नहीं बताया? मैं अपनी भाभी के लिए एक तो क्या सौ कलेजे दे दूँ। पर बात यह है कि मैं अपना कलेजा पेड़ पर ही छोड़ आया हूँ। तुमने पहले ही सारी बात मुझे न बताकर बहुत गलती कर दी है। अब जल्दी से वापस चलो, ताकि हम पेड़ पर से कलेजा लेते चलें। देर हो गई तो भाभी मर जाएँगी। फिर मैं अपने आपको कभी माफ नहीं कर पाऊँगा।"

अक्ल का मोटा मगरमच्छ उसकी बात सच मानकर बंदर को लेकर वापस लौट चला। जैसे ही वे पेड़ के पास पहुँचे, बंदर लपककर पेड़ की डाली पर चढ़ गया और बोला, "मूर्ख, कभी कोई अपना कलेजा बाहर छोड़ता है? दूसरे का कलेजा लेने के लिए अपनी खोपड़ी में भी भेजा होना चाहिए। अब जा और अपनी दुष्ट बीवी के साथ बैठकर अपने कर्मों को रो।" ऐसा कहकर बंदर तो पेड़ की टहनियों में लुप्त हो गया और अक्ल का दुश्मन मगरमच्छ अपना माथा पीटता हुआ लौट गया।

सीख : धोखा कभी नहीं फलता।

□

20

बगुला भगत

एक वन प्रदेश में एक बहुत बड़ा तालाब था। हर प्रकार के जीवों के लिए उसमें भोजन सामग्री होने के कारण वहाँ नाना प्रकार के जीव, पक्षी, मछलियाँ, कछुए और केकड़े आदि वास करते थे। पास में ही एक बगुला रहता था, जिसे परिश्रम करना बिल्कुल अच्छा नहीं लगता था। उसकी आँखें भी कुछ कमजोर थीं। मछलियाँ पकड़ने के लिए तो मेहनत करनी पड़ती है, जो उसे खलती थी, इसलिए आलस्य के मारे वह प्रायः भूखा ही रहता। एक टाँग पर खड़ा यही सोचता रहता कि क्या उपाय किया जाए कि बिना हाथ-पैर हिलाए रोज भोजन मिले। एक दिन उसे एक उपाय सूझा तो वह उसे आजमाने बैठ गया।

बगुला तालाब के किनारे खड़ा हो गया और लगा आँखों से आँसू बहाने। एक केकड़े ने उसे आँसू बहाते देखा तो वह उसके निकट आया और पूछने लगा, ''मामा, क्या बात है, भोजन के लिए मछलियों का शिकार करने की बजाय खड़े आँसू बहा रहे हो?''

बगुले ने जोर की हिचकी ली और भर्राए गले से बोला, ''बेटे, बहुत कर लिया मछलियों का शिकार। अब मैं यह पाप कार्य और नहीं करूँगा। मेरी आत्मा जाग उठी हैं, इसलिए मैं निकट आई मछलियों को

भी नहीं पकड़ रहा हूँ। तुम तो देख ही रहे हो।''

केकड़ा बोला, ''मामा, शिकार नहीं करोगे, कुछ खाओगे नहीं तो मर नहीं जाओगे?''

बगुले ने एक और हिचकी ली, ''ऐसे जीवन का नष्ट होना ही अच्छा है बेटे, वैसे भी हम सबको जल्दी मरना ही है। मुझे ज्ञात हुआ है कि शीघ्र ही यहाँ बारह वर्ष लंबा सूखा पड़ेगा।''

बगुले ने केकड़े को बताया कि यह बात उसे एक त्रिकालदर्शी महात्मा ने बताई है, जिसकी भविष्यवाणी कभी गलत नहीं होती। केकड़े ने जाकर सबको बताया कि कैसे बगुले ने बलिदान व भक्ति का मार्ग अपना लिया है और यहाँ सूखा पड़नेवाला है।

उस तालाब के सारे जीव मछलियाँ, कछुए, केकड़े, बतखें व सारस आदि दौड़े-दौड़े बगुले के पास आए और बोले, ''भगत मामा, अब तुम ही हमें कोई बचाव का रास्ता बताओ। अपनी अक्ल लड़ाओ तुम तो महाज्ञानी बन गए हो।''

बगुले ने कुछ सोचकर बताया कि वहाँ से कुछ ही दूरी पर एक तालाब है, जिसमें पहाड़ी झरना बहकर गिरता है। वह कभी नहीं सूखता। यदि तालाब के सब जीव वहाँ चले जाएँ तो बचाव हो सकता है। अब समस्या यह थी कि वहाँ तक जाया कैसे जाएँ? बगुले भगत ने यह समस्या भी सुलझा दी, ''मैं तुम्हें एक-एक करके अपनी पीठ पर बिठाकर वहाँ तक पहुँचाऊँगा, क्योंकि अब मेरा शेष जीवन दूसरों की सेवा करने में गुजरेगा।''

सभी जीवों ने गद्‌गद होकर 'बगुला भगतजी की जय' के नारे लगाए।

अब बगुला भगत की पौ-बारह हो गई। वह रोज एक जीव को अपनी पीठ पर बिठाकर ले जाता और कुछ दूर एक चट्‌टान के पास जाकर उसे उस पर पटककर मार डालता और खा जाता। कभी मूड हुआ तो भगतजी दो फेरे भी लगाते और दो जीवों को चट कर जाते। तालाब में जानवरों की संख्या घटने लगी। चट्‌टान के पास मरे जीवों की हड्डियों

का ढेर बढ़ने लगा और भगतजी की सेहत बनने लगी। खा-खाकर वह खूब मोटे हो गए। मुख पर लाली आ गई और पंख चरबी के तेज से चमकने लगे। उन्हें देखकर दूसरे जीव कहते, "देखो, दूसरों की सेवा का फल और पुण्य भगतजी के शरीर को लग रहा है।"

बगुला भगत मन-ही-मन खूब हँसता। वह सोचता कि देखो दुनिया में कैसे-कैसे मूर्ख जीव भरे पड़े हैं, जो सबका विश्वास कर लेते हैं। ऐसे मूर्खों की दुनिया में थोड़ी चालाकी से काम लिया जाए तो मजे-ही-मजे हैं। बिना हाथ-पैर हिलाए खूब दावत उड़ाई जा सकती है। संसार से मूर्ख प्राणी कम करने का मौका मिलता है। बैठे-बिठाए पेट भरने का जुगाड़ हो जाए तो सोचने का बहुत समय मिल जाता है।

महीनों यही क्रम चला। एक दिन केकड़े ने बगुले से कहा, "मामा, तुमने इतने सारे जानवर यहाँ से वहाँ पहुँचा दिए, लेकिन मेरी बारी अभी तक नहीं आई।"

भगतजी बोले, "बेटा, आज तेरा ही नंबर लगाते हैं, आजा मेरी पीठ पर बैठ जा।"

केकड़ा खुश होकर बगुले की पीठ पर बैठ गया। जब वह चट्टान के निकट पहुँचा तो वहाँ हड्डियों का पहाड़ देखकर केकड़े का माथा ठनका। वह हकलाया, "यह हड्डियों का ढेर कैसा है मामा? वह तालाब कितनी दूर है, मामा?"

बगुला भगत ठाँ-ठाँ करके खूब हँसा और बोला, "मूर्ख, वहाँ कोई तालाब नहीं है। मैं एक-एक को पीठ पर बिठाकर यहाँ लाकर खाता रहता हूँ। आज तू मरेगा।"

केकड़ा सारी बात समझ गया। वह सिहर उठा, परंतु उसने हिम्मत नहीं हारी और तुरंत जंबूर जैसे अपने पंजों को आगे बढ़ाकर उनसे दुष्ट बगुले की गरदन दबा दी और तब तक दबाए रखी, जब तक उसके प्राण पखेरू न उड़ गए।

फिर केकड़ा बगुले भगत का कटा सिर लेकर तालाब पर लौटा

और सारे जीवों को सच्चाई बता दी कि कैसे दुष्ट बगुला भगत उन्हें धोखा देता रहा।

सीख : किसी की बात पर आँख मूँदकर भरोसा न करें।

□

21
लोभ बनी मौत

किसी नगर में हरिराम नाम का एक किसान निवास करता था। उसकी खेती साधारण ही थी। अत: अधिकांश समय वह खाली ही रहता था। एक बार ग्रीष्म ऋतु में वह इसी प्रकार अपने खेत पर वृक्ष की शीतल छाया में लेटा हुआ था। सोए-सोए उसने अपने समीप ही सर्प का बिल देखा, उस पर सर्प फन फैलाए बैठा था।

उसको देखकर वह किसान विचार करने लगा कि हो-न-हो, यही मेरे क्षेत्र का देवता है। मैंने कभी इसकी पूजा नहीं की। अत: मैं आज अवश्य इसकी पूजा करूँगा। यह विचार मन में आते ही वह उठा और दूध ले आया।

उसे उसने मिट्टी के एक बरतन में रखा और बिल के समीप जाकर बोला, ''हे क्षेत्रपाल! आज तक मुझे आपके विषय में मालूम नहीं था, इसलिए मैं किसी प्रकार की पूजा-अर्चना नहीं कर पाया। आप मेरे इस अपराध को क्षमा कर मुझ पर कृपा कीजिए और मुझे धन-धान्य से समृद्ध कीजिए।''

इस प्रकार प्रार्थना करके उसने उस दूध को वहीं पर रख दिया और फिर अपने घर को लौट गया। दूसरे दिन प्रात:काल जब वह अपने खेत पर आया तो सर्वप्रथम उसी स्थान पर गया। वहाँ उसने देखा कि जिस बरतन में उसने दूध रखा था, उसमें एक स्वर्णमुद्रा रखी हुई है।

उसने उस मुद्रा को उठाकर रख लिया। उस दिन भी उसने उसी प्रकार सर्प की पूजा की और उसके लिए दूध रखकर चला गया। अगले दिन प्रातःकाल उसको फिर एक स्वर्णमुद्रा मिली। इस प्रकार अब नित्य वह पूजा करता और अगले दिन उसको एक स्वर्णमुद्रा मिल जाया करती थी।

कुछ दिनों बाद उसको किसी कार्य से अन्य ग्राम में जाना पड़ा। उसने अपने पुत्र को उस स्थान पर दूध रखने का निर्देश दिया। निर्देशानुसार उस दिन उसका पुत्र गया और वहाँ दूध रख आया। दूसरे दिन जब वह पुनः दूध रखने के लिए गया तो देखा कि वहाँ स्वर्णमुद्रा रखी हुई है।

उसने उस मुद्रा को उठा लिया और मन-ही-मन सोचने लगा कि निश्चित ही इस बिल के अंदर स्वर्णमुद्राओं का भंडार है। मन में यह विचार आते ही उसने निश्चय किया कि बिल को खोदकर सारी मुद्राएँ ले ली जाएँ। सर्प का भय था। किंतु जब दूध पीने के लिए सर्प बाहर निकला तो उसने उसके सिर पर लाठी का प्रहार किया।

इससे सर्प तो मरा नहीं और सर्प ने क्रुद्ध होकर ब्राह्मण-पुत्र को अपने विषभरे दाँतों से काटा की उनकी तत्काल मृत्यु हो गई।

सीख : लालच का फल कभी मीठा नहीं होता।

□

22

परछाईं

एक समय की बात है, किसी वन में हाथियों का एक झुंड रहता था। उस झुंड का सरदार चतुर्दंत नामक एक विशाल, पराक्रमी, गंभीर व समझदार हाथी था। सब उसी की छत्रच्छाया में सुख से रहते थे। वह सबकी समस्याएँ सुनता, उनका हल निकालता। छोटे-बड़े सबका बराबर खयाल रखता था। एक बार उस क्षेत्र में भयंकर सूखा पड़ा। वर्षों पानी नहीं बरसा। सारे ताल-तलैया सूखने लगे। पेड़-पौधे कुम्हला गए, धरती फट गई, चारों और हाहाकार मच गया। हर प्राणी बूँद-बूँद के लिए तरस गया। हाथियों ने अपने सरदार से कहा, "सरदार, कोई उपाय सोचिए। हम सब प्यासे मर रहे हैं। हमारे बच्चे तड़प रहे हैं।"

चतुर्दंत पहले ही सारी समस्या जानता था। सबके दुःख समझता था, पर उसकी समझ में नहीं आ रहा था कि क्या उपाय करे। सोचते-सोचते उसे बचपन की एक बात याद आई, "मेरे दादाजी कहते थे, यहाँ से पूर्व दिशा में एक ताल है, जो भूमिगत जल से जुड़े होने के कारण कभी नहीं सूखता। हमें वहाँ चलना चाहिए।" सभी को आशा की किरण नजर आई।

हाथियों का झुंड चतुर्दंत द्वारा बताई गई दिशा की ओर चल पड़ा। बिना पानी के दिन की गरमी में सफर करना कठिन था। अतः हाथी रात को सफर करते। पाँच रात्रि के बाद वे उस अनोखे ताल तक पहुँच गए। सचमुच ताल

पानी से भरा था, सारे हाथियों ने खूब पानी पिया, जी भरकर ताल में नहाए व डुबकियाँ लगाईं।

उसी क्षेत्र में खरगोशों की घनी आबादी थी। उनकी शामत आ गई। सैकड़ों खरगोश हाथियों के पैरों-तले कुचले गए। उनके बिल रौंदे गए। उनमें हाहाकार मच गया। बचे-कुचे खरगोशों ने एक आपातकालीन सभा की। एक खरगोश बोला, ''हमें यहाँ से भागना चाहिए।''

एक तेज स्वभाव वाला खरगोश भागने के हक में नहीं था। उसने कहा, ''हमें अक्ल से काम लेना चाहिए। हाथी अंधविश्वासी होते हैं। हम उन्हें कहेंगे कि हम चंद्रवंशी हैं। तुम्हारे द्वारा किए खरगोश संहार से हमारे देव चंद्रमा रुष्ट हैं। यदि तुम यहाँ से नहीं गए तो चंद्रदेव तुम्हें विनाश का शाप देंगे।''

एक अन्य खरगोश ने उसका समर्थन किया, ''चतुर ठीक कहता है। उसकी बात हमें माननी चाहिए। लंबकर्ण खरगोश को हम अपना दूत बनाकर चतुर्दंत के पास भेजेंगे।'' इस प्रस्ताव पर सब सहमत हो गए।

लंबकर्ण एक बहुत चतुर खरगोश था। सारे खरगोश समाज में उसकी चतुराई की धाक थी। बातें बनाना भी उसे खूब आता था। बात से बात निकालते जाने में उसका जवाब नहीं था। जब खरगोशों ने उसे दूत बनकर जाने के लिए कहा तो वह तुरंत तैयार हो गया। खरगोशों पर आए संकट को दूर करके उसे प्रसन्नता ही होगी। लंबकर्ण खरगोश चतुर्दंत के पास पहुँचा और दूर से ही एक चट्टान पर चढ़कर बोला, ''गजनायक चतुर्दंत, मैं लंबकर्ण चंद्रमा का दूत उनका संदेश लेकर आया हूँ। चंद्रमा हमारे स्वामी हैं।''

चतुर्दंत ने पूछा, ''भई, क्या संदेश लाए हो तुम?''

लंबकर्ण बोला, ''तुमने खरगोश समाज को बहुत हानि पहुँचाई हैं। चंद्रदेव तुमसे बहुत रुष्ट हैं। इससे पहले कि वे तुम्हें शाप दे दें, तुम यहाँ से अपना झुंड लेकर चले जाओ।''

चतुर्दंत को विश्वास नहीं हुआ। उसने कहा, ''चंद्रदेव कहाँ हैं? मैं खुद उनके दर्शन करना चाहता हूँ।''

लंबकर्ण बोला, ''उचित है। चंद्रदेव असंख्य मृत खरगोशों को श्रद्धांजलि

देने स्वयं ताल में पधारकर बैठे हैं, आइए, उनसे साक्षात्कार कीजिए और स्वयं देख लीजिए कि वे कितने रुष्ट हैं।''

चालाक लंबकर्ण चतुर्दंत को रात में ताल पर ले आया। उस रात पूर्णमासी थी। ताल में पूर्ण चंद्रमा का बिंब ऐसे पड़ रहा था जैसे शीशे में प्रतिबिंब दिखाई पड़ता है। चतुर्दंत घबरा गया चालाक खरगोश हाथी की घबराहट ताड़ गया और विश्वास के साथ बोला, ''गजनायक, जरा नजदीक से चंद्रदेव का साक्षात्कार करें तो आपको पता लगेगा कि आपके झुंड के इधर आने से हम खरगोशों पर क्या बीती है। अपने भक्तों का दु:ख देखकर हमारे चंद्रदेवजी के दिल पर क्या गुजर रही है।''

लंबकर्ण की बातों का गजराज पर जादू सा असर हुआ। चतुर्दंत डरते-डरते पानी के निकट गया और सूँड़ चद्रंमा के प्रतिबिंब के निकट ले जाकर जाँच करने लगा। सूँड़ पानी के निकट पहुँचने पर सूँड़ से निकली हवा से पानी में हलचल हुई और चंद्रमा का प्रतिबिंब कई भागों में बँट गया और विकृत हो गया। यह देखते ही चतुर्दंत के होश उड़ गए। वह हड़बड़ाकर कई कदम पीछे हट गया। लंबकर्ण तो इसी बात की ताक में था। वह चीखा, ''देखा, आपको देखते ही चंद्रदेव कितने रुष्ट हो गए! वे क्रोध से काँप रहे हैं और गुस्से से फट रहे हैं। आप अपनी खैर चाहते हैं तो अपने झुंड के समेत यहाँ से शीघ्रातिशीघ्र प्रस्थान करें, वरना चंद्रदेव पता नहीं क्या शाप दे दें।''

चतुर्दंत तुरंत अपने झुंड के पास लौट गया और सबको सलाह दी कि उनका वहाँ से तुरंत प्रस्थान करना ही उचित होगा। अपने सरदार के आदेश को मानकर हाथियों का झुंड लौट गया। खरगोशों में खुशी की लहर दौड़ गई। हाथियों के जाने के कुछ ही दिन के बाद आकाश में बादल छाए, वर्षा हुई और सारा जल संकट समाप्त हो गया। हाथियों को फिर कभी उस ओर आने की जरूरत ही नहीं पड़ी।

सीख : चतुराई से बलशाली शत्रु को भी हराया जा सकता है।

□

23

बहरूप गधा

किसी नगर में एक धोबी रहता था। उसके पास एक गधा था, जिस पर वह कपड़े लादकर नदी तट पर ले जाता और धुले कपड़े लादकर लौटता। धोबी का परिवार बड़ा था। सारी कमाई आटे-दाल व चावल में खप जाती। गधे के लिए चारा खरीदने के लिए कुछ न बचता। गाँव की चरागाह पर गाय-भैंसें चरतीं। अगर गधा उधर जाता तो चरवाहे डंडों से पीटकर उसे भगा देते। ठीक से चारा न मिलने के कारण गधा बहुत दुर्बल रहने लगा। धोबी को भी चिंता होने लगी, क्योंकि कमजोरी के कारण उसकी चाल इतनी धीमी हो गई थी कि नदी तक पहुँचने में पहले से दुगना समय लगने लगा था।

एक दिन नदी किनारे जब धोबी ने कपड़े सूखने के लिए बिछा रखे थे तो आँधी आई। कपड़े इधर-उधर हवा में उड़ गए। आँधी थमने पर उसे दूर-दूर तक जाकर कपड़े उठाकर लाने पड़े। अपने कपड़े ढूँढ़ता हुआ वह सरकंडों के बीच घुसा। सरकंडों के बीच उसे एक मरा बाघ नजर आया।

धोबी कपड़े लेकर लौटा और गट्ठर गधे पर लादने लगा। गधा लड़खड़ाया। धोबी ने देखा कि उसका गधा इतना कमजोर हो गया है कि एक-दो दिन बाद बिल्कुल ही बैठ जाएगा। तभी धोबी को एक उपाय सूझा। वह सोचने लगा, ''अगर मैं उस बाघ की खाल उतारकर ले आऊँ और रात को इस गधे को वह खाल ओढ़ाकर खेतों की ओर भेजूँ तो लोग इसे बाघ

समझकर डरेंगे। कोई निकट नहीं फटकेगा। गधा खेत चर लिया करेगा।''

धोबी ने ऐसा ही किया। दूसरे दिन नदी तट पर कपड़े जल्दी धोकर सूखने डाल दिए और फिर वह सरकंडों के बीच जाकर बाघ की खाल उतारने लगा। शाम को लौटते समय वह खाल को कपड़ों के बीच छिपाकर घर ले आया।

रात को जब सब सो गए तो उसने बाघ की खाल गधे को ओढ़ाई। गधा दूर से देखने पर बाघ जैसा ही नजर आने लगा। धोबी संतुष्ट हुआ। फिर उसने गधे को खेतों की ओर खदेड़ दिया। गधे ने एक खेत में जाकर फसल खानी शुरू की। रात को खेतों की रखवाली करनेवालों ने खेत में बाघ देखा तो वे डरकर भाग खड़े हुए। गधे ने भरपेट फसल खाई और रात के अँधेरे में ही घर लौट आया। धोबी ने तुरंत खाल उतारकर छिपा दी। अब गधे के मजे आ गए।

हर रात धोबी उसे खाल ओढ़ाकर छोड़ देता। गधा सीधे खेतों में पहुँच जाता और मनपसंद फसल खाने लगता। गधे को बाघ समझकर सब अपने घरों में दुबककर बैठे रहते। फसलें चर-चरकर गधा मोटा होने लगा। अब वह दुगना भार लेकर चलता। धोबी भी खुश था।

मोटा-ताजा होने के साथ-साथ गधे के दिल का भय भी मिटने लगा। उसका जन्मजात स्वभाव जोर मारने लगा। एक दिन भरपेट खाने के बाद गधे की तबीयत मस्त हो गई और वह लगा लोट लगाने। इससे बाघ की खाल तो एक ओर गिर गई। अब वह खालिस गधा बनकर उठा और डोलता हुआ खेत से बाहर निकला। गधे के लोट लगाने के समय पौधों के रौंदे जाने और चटकने की आवाज फैली। एक रखवाला चुपचाप बाहर निकला। खेत में झाँका तो उसे एक ओर गिरी बाघ की खाल नजर आई। वह चिल्लाया, ''अरे, यह तो गधा है।''

उसकी आवाज औरों ने भी सुनी। सब डंडे लेकर दौड़े। गधे का कार्यक्रम खेत से बाहर आकर रेंकने का था। उसने मुँह खोला ही था कि उस पर डंडे बरसने लगे। क्रोध से भरे रखवालों ने उसे वहीं ढेर कर दिया। उसकी सारी पोल खुल चुकी थी। धोबी को भी वह नगर छोड़कर भागना पड़ा।

सीख : पहनावा बदलने से असली चरित्र नहीं बदलता।

□

24
बोलती गुफा

एक समय की बात है, किसी जंगल में एक शेर के पैर में काँटा चुभ गया। पंजे में जख्म हो गया और शेर के लिए दौड़ना मुश्किल हो गया। वह लँगड़ाकर कठिनाई से चलता। शेर के लिए तो शिकार न करने के लिए दौड़ना जरूरी होता है, इसलिए वह कई दिन कोई शिकार न कर पाया और भूखों मरने लगा। कहते हैं कि शेर मरा हुआ जानवर नहीं खाता, परंतु मजबूरी में सबकुछ करना पड़ता है। लँगड़ा शेर किसी घायल अथवा मरे हुए जानवर की तलाश में जंगल में भटकने लगा। यहाँ भी किस्मत ने उसका साथ नहीं दिया। कहीं कुछ हाथ नहीं लगा।

धीरे-धीरे पैर घसीटता हुआ वह एक गुफा के पास आ पहुँचा। गुफा गहरी और सँकरी थी, ठीक वैसी जैसे जंगली जानवरों के माँद के रूप में काम आती है। उसने उसके अंदर झाँका। माँद खाली थी, पर चारों ओर उसे इस बात के प्रमाण नजर आए कि उसमें किसी जानवर का बसेरा है। उस समय वह जानवर शायद भोजन की तलाश में बाहर गया था। शेर चुपचाप दुबककर बैठ गया, ताकि उसमें रहनेवाला जानवर लौट आए तो वह उसे दबोच ले।

सचमुच उस गुफा में एक सियार रहता था, जो दिन को बाहर घूमता रहता और रात को लौट आता था। उस दिन भी सूरज डूबने के बाद वह लौट

आया। सियार काफी चालाक था। हर समय चौकन्ना रहता था। उसने अपनी गुफा के बाहर किसी बड़े जानवर के पैरों के निशान देखे तो चौंका। उसे शक हुआ कि कोई शिकारी जीव माँद में उसके शिकार की आस में घात लगाए न बैठा हो। अपने शक की पुष्टि के लिए सोच-विचार कर उसने एक चाल चली। गुफा के मुहाने से दूर जाकर उसने आवाज दी, "गुफा! ओ गुफा।"

गुफा में चुप्पी छाई रही, उसने फिर पुकारा, "अरी ओ गुफा, तू बोलती क्यों नहीं?"

भीतर शेर दम साधे बैठा था। भूख के मारे पेट कुलबुला रहा था। उसे यही इंतजार था कि कब सियार अंदर आए और वह उसे पेट में पहुँचाए। इसलिए वह उतावला भी हो रहा था। सियार एक बार फिर जोर से बोला, "ओ गुफा! रोज तू मेरी पुकार के जवाब में मुझे अंदर बुलाती है। आज चुप क्यों है? मैंने पहले ही कह रखा है कि जिस दिन तू मुझे नहीं बुलाएगी, उस दिन मैं किसी दूसरी गुफा में चला जाऊँगा। अच्छा तो मैं चला।"

यह सुनकर शेर हड़बड़ा गया। उसने सोचा गुफा सचमुच सियार को अंदर बुलाती होगी। यह सोचकर कि कहीं सियार सचमुच न चला जाए, उसने अपनी आवाज बदलकर कहा, "सियार राजा, मत जाओ, अंदर आओ न। मैं कब से तुम्हारी राह देख रही थी।"

सियार शेर की आवाज पहचान गया और उसकी मूर्खता पर हँसता हुआ, वहाँ से चला गया और फिर लौटकर नहीं आया। मूर्ख शेर उसी गुफा में भूखा-प्यासा मर गया।

सीख : सावधान व्यक्ति जीवन में कभी मात नहीं खाता।

□

25

कंजूस गीदड़

जंगल में एक गीदड़ रहता था। वह अपने शिकार को खाने में कंजूसी किया करता था। जितने शिकार से दूसरा गीदड़ दो दिन काम चलाता, वह उतने ही शिकार को सात दिन तक खींचता। जैसे उसने एक खरगोश का शिकार किया। पहले दिन वह एक ही कान खाता। बाकी बचाकर रखता। दूसरे दिन दूसरा कान खाता। ठीक वैसे जैसे कंजूस व्यक्ति पैसा घिस-घिसकर खर्च करता है। गीदड़ अपने पेट की कंजूसी करता। इस चक्कर में प्रायः भूखा रह जाता। इसलिए दुर्बल भी बहुत हो गया था।

एक बार उसे मरा हुआ एक बारहसिंघा हिरण मिला। वह उसे खींचकर अपनी माँद में ले आया। उसने पहले हिरण के सींग खाने का फैसला किया, ताकि मांस बचा रहे। कई दिन वह बस सींग चबाता रहा। इस बीच हिरण का मांस सड़ गया और वह केवल गिद्धों के खाने लायक रह गया। इस प्रकार मक्खीचूस गीदड़ प्रायः हँसी का पात्र बनता। जब वह बाहर निकलता तो दूसरे जीव उसका मरियल सा शरीर देखते और कहते, ''वह देखो, मक्खीचूस जा रहा है।''

पर वह परवाह न करता। कंजूसों की यह आदत होती ही है। कंजूसों की अपने घर में भी खिल्ली उड़ती है, पर वह इसे अनसुना कर देते हैं।

उसी वन में एक शिकारी एक दिन शिकार की तलाश में आ निकला। उसने एक सुअर को देखा और निशाना लगाकर तीर छोड़ा। तीर जंगली सुअर की कमर को बींधता हुआ शरीर में जा घुसा। क्रोधित सुअर शिकारी की ओर दौड़ा और खच से अपने नुकीले दंत शिकारी की पैंट में घोंप दिए। शिकारी और शिकार दोनों मर गए।

तभी वहाँ मक्खीचूस गीदड़ आ निकला। वह खुशी से उछल पड़ा। शिकारी व सुअर के मांस को कम-से-कम दो महीने चलाना है। उसने हिसाब लगाया।

''रोज थोड़ा-थोड़ा खाऊँगा।'' वह बोला।

तभी उसकी नजर पास ही पड़े धनुष पर पड़ी। उसने धनुष को सूँघा। धनुष की डोर के कोनों पर चमड़ी की पट्टी से लकड़ी बँधी थी। उसने सोचा, ''आज तो इस चमड़ी की पट्टी को खाकर ही काम चलाऊँगा। मांस खर्च नहीं करूँगा। पूरा बचा लूँगा।''

यह सोचकर वह धनुष का कोना मुँह में डाल पट्टी काटने लगा। ज्यों ही पट्टी कटी, डोर छूटी और धनुष की लकड़ी पट से सीधी हो गई। धनुष का कोना चटाक से गीदड़ के तालू में लगा और उसे चीरता हुआ, उसकी नाक तोड़कर बाहर निकला। कंजूस गीदड़ वहीं मर गया।

सीख : अधिक कंजूसी का परिणाम बुरा होता है।

□

26
टोपीवाले बंदर

एक टोपी बेचनेवाला था। वह शहर से टोपियाँ लाकर गाँव में बेचा करता था। एक दिन वह दोपहर के समय जंगल में जा रहा था, थककर वह एक पेड़ के नीचे बैठ गया। उसने टोपियों की गठरी एक तरफ रख दी। ठंडी हवा चल रही थी। लेटते ही टोपीवाले को नींद आ गई।

उस पेड़ पर कुछ बंदर बैठे हुए थे। उन्होंने देखा कि वह मनुष्य सो गया है। वे पेड़ से नीचे उतर आए। बंदरों ने देखा कि मनुष्य के पास एक गठरी पड़ी है। उन्होंने गठरी खोल दी। उसमें बहुत सी टोपियाँ थीं। बंदर नकलची तो होते ही हैं, उन्होंने देखा कि मनुष्य ने सिर पर टोपी पहन रखी है, बस हर एक बंदर ने अपने-अपने सिर पर एक-एक टोपी पहन ली, अब सारे बंदर एक-दूसरे को देखकर हँसने लगे। थोड़ी देर बाद वे सब खुशी से नाचने-कूदने लगे। उनमें से कुछ पेड़ पर जा बैठे।

वह आदमी जागा तो उसने बंदरों को टोपियाँ पहने देखा। उसे बड़ा गुस्सा आया। उसने अपने सिर से टोपी उतारकर जमीन पर फेंक दी और बोला, "लो यह भी ले लो।" बंदर तो नकल किया ही करते हैं, उन्होंने भी अपने-अपने सिर से टोपियाँ उतारकर जमीन पर पटक

दीं। टोपीवाले ने डपटकर बंदरों को दूर भगा दिया, फिर उसने टोपियाँ इकट्ठी करके गठरी में बाँध लीं। गठरी सिर पर रखकर वह गाँव की ओर चल पड़ा।

सीख : नकल में भी अक्ल की जरूरत होती है।

□

27

चालाक खटमल

एक राजा के शयनकक्ष में मंदविसर्पिणी नाम की जूँ ने डेरा डाल रखा था। रात को जब राजा जाता तो वह चुपके से बाहर निकलती और राजा का खून चूसकर, फिर अपने स्थान पर जा छिपती।

संयोग से एक दिन अग्निमुख नाम का एक खटमल भी राजा के शयनकक्ष में आ पहुँचा। जूँ ने जब उसे देखा तो वहाँ से चले जाने को कहा। उसे अपने अधिकार क्षेत्र में किसी अन्य का दखल सहन नहीं था।

लेकिन खटमल भी कम चतुर नहीं था, बोला, ''देखो, मेहमान से इस तरह बरताव नहीं किया जाता, आज रात मैं तुम्हारा मेहमान हूँ।''

जूँ अंततः खटमल की चिकनी-चुपड़ी बातों में आ गई और उसे शरण देते हुए बोली, ''ठीक है, तुम यहाँ रातभर रुक सकते हो, लेकिन राजा को काटोगे तो नहीं, उसका खून चूसने के लिए?''

खटमल बोला, ''लेकिन मैं तुम्हारा मेहमान है, मुझे कुछ तो दोगी खाने के लिए। और राजा के खून से बढ़िया भोजन और क्या हो सकता है।''

''ठीक है।'' जूँ बोली, ''तुम चुपचाप राजा का खून चूस लेना, उसे पीड़ा का एहसास नहीं होना चाहिए।''

''जैसा तुम कहोगी, बिल्कुल वैसा ही होगा।'' कहकर खटमल

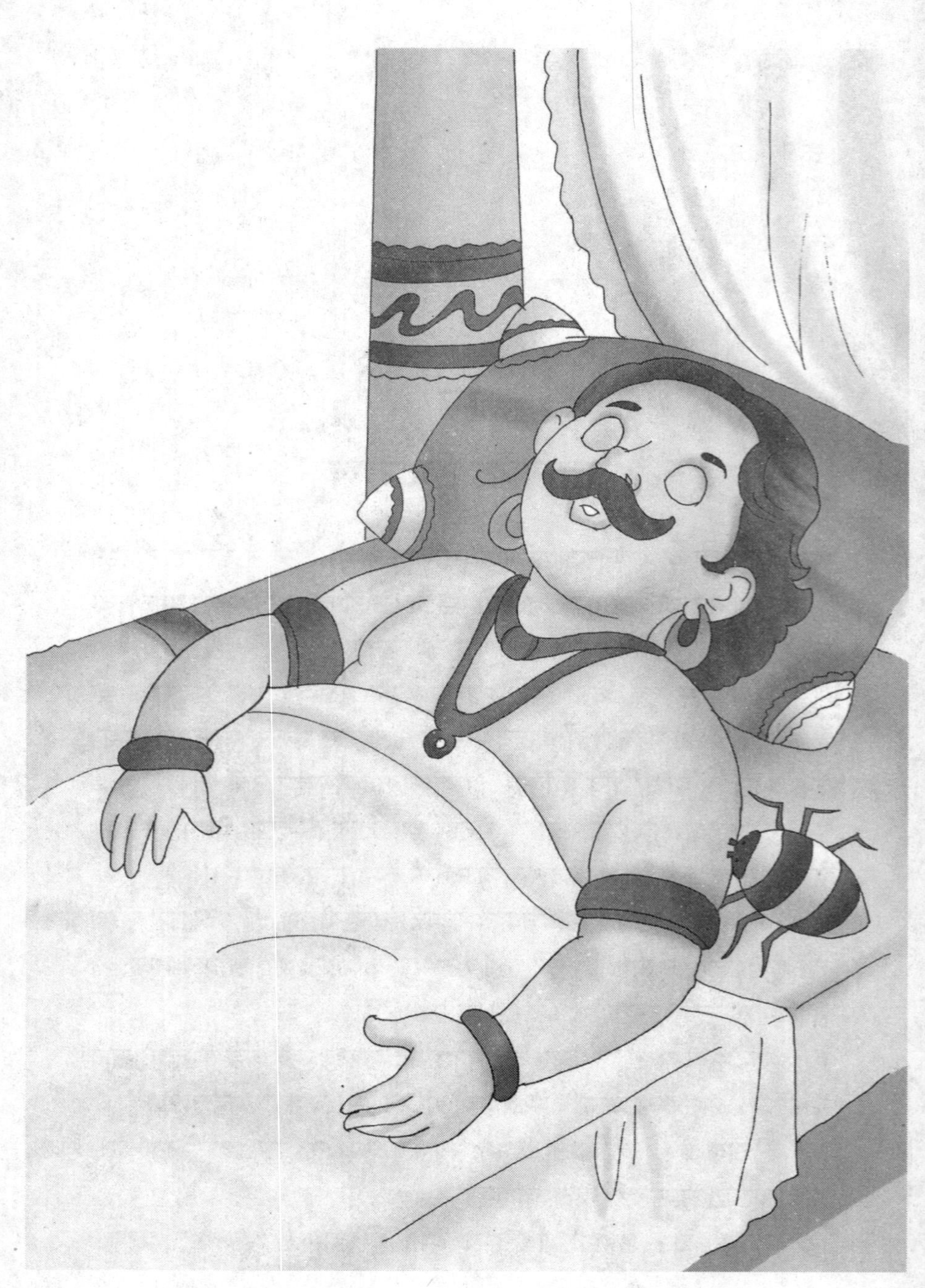

शयनकक्ष में राजा के आने की प्रतीक्षा करने लगा।

रात ढलने पर राजा आया और बिस्तर पर पड़कर सो गया। खटमल सबकुछ भूलकर राजा को काटने दौड़ा और खून चूसने लगा। ऐसा स्वादिष्ट खून उसने पहली बार चखा था, इसलिए वह जोर-जोर से काटकर खून चूसने लगा। इससे राजा के शरीर में तेज खुजली होने लगी और उसकी नींद उचट गई। उसने क्रोध में भरकर अपने सेवकों से काटनेवाले जीव को ढूँढ़कर मारने को कहा।

यह सुनकर चतुर खटमल तो पलंग के पाए के नीचे छिप गया, लेकिन चादर के कोने पर बैठी जूँ राजा के सेवकों की नजर में आ गई। उन्होंने उसे पकड़ा और मार डाला।

सीख : जाँच-परखकर के बाद ही अनजानों पर भरोसा करें।

□

28
मूर्ख बंदर

एक जंगल में एक पेड़ पर गौरैया का घोंसला था। ठंड के दिन थे। एक दिन कड़ाके की ठंड पड़ रही थी। ठंड से काँपते हुए तीन-चार बंदरों ने उसी पेड़ के नीचे आश्रय लिया। एक बंदर बोला, ''कहीं से आग तापने को मिले तो ठंड दूर हो सकती है।''

दूसरे बंदर ने सुझाया, ''देखो, यहाँ कितनी सूखी पत्तियाँ गिरी पड़ी हैं। इन्हें इकट्ठा कर हम ढेर लगाते हैं और फिर उसे सुलगाने का उपाय सोचते हैं।''

बंदरों ने सूखी पत्तियों का ढेर बनाया और फिर गोल दायरे में बैठकर सोचने लगे कि ढेर को कैसे सुलगाया जाए। तभी एक बंदर की नजर दूर हवा में उड़ते एक जुगनू पर पड़ी और वह उछल पड़ा। उधर ही दौड़ता हुआ चिल्लाने लगा, ''देखो, हवा में चिनगारी उड़ रही हैं। इसे पकड़कर ढेर के नीचे रखकर फूँक मारने से आग सुलग जाएगी।''

''हाँ-हाँ!'' कहते हुए बाकी बंदर भी उधर दौड़ने लगे। पेड़ पर अपने घोंसले में बैठी गौरैया यह सब देख रही थे। उससे चुप नहीं रहा गया। वह बोली, ''बंदर भाइयो, यह चिनगारी नहीं, जुगनू है।''

एक बंदर क्रोध से गौरैया को देखकर गुर्राया, ''मूर्ख चिड़िया, चुपचाप

घोंसले में दुबकी रह। हमें सिखाने चली है।''

इस बीच एक बंदर उछलकर जुगनू को अपनी हथेलियों के बीच कैद करने में सफल हो गया। जुगनू को ढेर के नीचे रख दिया गया और सारे बंदर लगे चारों ओर से ढेर में फूँक मारने लगे।

गौरैया ने सलाह दी, ''भाइयो! आप गलती कर रहे हैं। जुगनू से आग नहीं सुलगेगी। दो पत्थरों को टकराकर उससे चिनगारी पैदा करके आग सुलगाइए।''

बंदरों ने गौरैया को घूरा। आग नहीं सुलगी तो गौरैया फिर बोल उठी, ''भाइयो! आप मेरी सलाह मानिए, कम-से-कम दो सूखी लकड़ियों को आपस में रगड़कर देखिए।''

सारे बंदर आग न सुलगा पाने के कारण खीझे हुए थे। एक बंदर क्रोध से भरकर आगे बढ़ा और उसने गौरैया को पकड़कर जोर से पेड़ के तने पर मारा। गौरैया फड़फड़ाती हुई नीचे गिरी और मर गई।

सीख : मूर्खों को सीख देने पर पछताना पड़ता है।

□

29

बातूनी का अंत बुरा

किसी तालाब में एक कछुआ रहता था। उसी तलाब में दो हंस तैरने के लिए उतरते थे। हंस बहुत हँसमुख और मिलनसार थे। कछुए और उनमें दोस्ती होते देर न लगी। हंसों को कछुए का धीमे-धीमे चलना और उसका भोलापन बहुत अच्छा लगा। हंस बहुत ज्ञानी भी थे। वे कछुए को अद्भुत बातें बताते। ऋषि-मुनियों की कहानियाँ सुनाते। हंस तो दूर-दूर तक घूमकर आते थे, इसलिए दूसरी जगहों की अनोखी बातें कछुए को बताते। कछुआ मंत्रमुग्ध होकर उनकी बातें सुनता। बाकी तो सब ठीक था, पर कछुए को बीच में टोका-टाकी करने की बहुत आदत थी। अपने सज्जन स्वभाव के कारण हंस उसकी इस आदत का बुरा नहीं मानते थे। उन तीनों की घनिष्टता बढ़ती गई और दिन गुजरते गए।

एक बार सूखा पड़ा। बरसात के मौसम में भी एक बूँद पानी नहीं बरसा। उस तालाब का पानी सूखने लगा। प्राणी मरने लगे, मछलियाँ तो तड़प-तड़पकर मर गईं। तालाब का पानी और तेजी से सूखने लगा। एक समय ऐसा भी आया कि तालाब में खाली कीचड़ रह गया। कछुआ संकट में पड़ गया। जीवन-मरण का प्रश्न खड़ा हो गया। वहीं पड़ा रहता तो उसका अंत निश्चित था। हंस अपने मित्र पर आए संकट को दूर करने का उपाय सोचने लगे। वे अपने

मित्र कछुए को ढाढ़स बँधाने का प्रयत्न करते और हिम्मत न हारने की सलाह देते। हंस केवल झूठा दिलासा नहीं दे रहे थे। वे दूर-दूर तक उड़कर समस्या का हल ढूँढ़ते। एक दिन लौटकर हंसों ने कहा, "मित्र, यहाँ से पचास कोस दूर एक झील है। उसमें काफी पानी है। तुम वहाँ मजे से रहोगे।"

कछुआ रोनी आवाज में बोला, "पचास कोस? इतनी दूर जाने में मुझे महीनों लगेंगे। तब तक तो मैं मर जाऊँगा।"

कछुए की बात भी ठीक थी। हंसों ने अक्ल लड़ाई और एक तरीका सोच निकाला।

वे एक लकड़ी उठाकर लाए और बोले, "मित्र, हम दोनों अपनी चोंच में इस लकड़ी के सिरे पकड़कर एक साथ उड़ेंगे। तुम इस लकड़ी को बीच में से मुँह से थामे रहना। इस प्रकार हम तुम्हें उस झील तक पहुँचा देंगे। उसके बाद तुम्हें कोई चिंता नहीं रहेगी।"

उन्होंने चेतावनी दी, "पर याद रखना, उड़ान के दौरान अपना मुँह मत खोलना, वरना गिर पड़ोगे।"

कछुए ने हामी में सिर हिलाया। बस, लकड़ी पकड़कर हंस उड़ चले। वे एक कस्बे के ऊपर से उड़ रहे थे कि नीचे खड़े लोगों ने आकाश में अद्‌भुत नजारा देखा। सब एक-दूसरे को ऊपर आकाश का दृश्य दिखाने लगे। लोग दौड़-दौड़कर अपने छज्जों पर निकल आए। कुछ अपने मकानों की छतों की ओर दौड़े। बच्चे, बूढ़े, औरतें व जवान सब ऊपर देखने लगे। खूब शोर मचा। कछुए की नजर नीचे उन लोगों पर पड़ी।

उसे आश्चर्य हुआ कि उन्हें इतने लोग देख रहे हैं। वह अपने मित्रों की चेतावनी भूल गया और चिल्लाया, "देखो, कितने लोग हमें देख रहे हैं!"

मुँह खुलते ही वह नीचे गिर पड़ा। उसकी हड्डी-पसली का भी पता नहीं चला।

सीख : बेमौके मुँह खोलना बहुत महँगा पड़ता है।

□

30

चुहिया की चुहिया

एक वन में एक तपस्वी रहते थे। उनका तप बल बहुत ऊँचा था। रोज वे प्रातः आकर नदी में स्नान करते और नदी किनारे की एक चट्टान पर आसन जमाकर तप करते। निकट ही उनकी कुटिया थी, जहाँ उनकी पत्नी भी रहती थी।

एक दिन एक विचित्र घटना घटी। तपस्या के बाद ईश्वर को प्रणाम करके उन्होंने अपने हाथ खोले कि उनके हाथों में एक नन्ही सी चुहिया आ गिरी। आकाश में एक चील उसे पंजों में दबाए उड़ी जा रही थी और संयोगवश छूटकर गिर पड़ी थी। ऋषि ने मौत के भय से थर-थर काँपती चुहिया को देखा।

ऋषि के कोई संतान नहीं थी। कई बार पत्नी संतान की इच्छा व्यक्त कर चुकी थी। ऋषि दिलासा देते रहते थे। ऋषि को पता था कि उनकी पत्नी के भाग्य में माँ बनने का सुख नहीं लिखा है। किस्मत का लिखा तो बदला नहीं जा सकता, परंतु अपने मुँह से यह सच्चाई बताकर वे पत्नी का दिल नहीं दुःखाना चाहते थे। यह भी सोचते रहते थे कि किस उपाय से पत्नी के जीवन का यह अभाव दूर किया जाए।

ऋषि को नन्ही चुहिया पर दया आ गई। उन्होंने आँखें बंद कर मंत्र

पढ़ा और अपनी तपशक्ति से चुहिया को बच्ची बना दिया। बच्ची को हाथों में उठाए घर पहुँचे और अपनी पत्नी से बोले, "सुभागे, तुम सदा संतान की कामना किया करती थीं, समझ लो कि ईश्वर ने तुम्हारी प्रार्थना सुन ली और यह बच्ची भेज दी। इसे अपनी पुत्री समझकर इसका लालन-पालन करो।"

ऋषि पत्नी बच्ची को देखकर बहुत प्रसन्न हुई। बच्ची को अपने हाथों में लेकर चूमने लगी, "कितनी प्यारी बच्ची है। यह मेरी बच्ची ही तो है। इसे मैं पुत्री की तरह पालूँगी।"

इस प्रकार वह चुहिया मानव बच्ची बनकर ऋषि के परिवार में पलने लगी। ऋषि पत्नी माँ की भाँति ही उसकी देखभाल करने लगी। उसने बच्ची का नाम कांता रखा। ऋषि भी कांता से पितावत स्नेह करने लगे। धीरे-धीरे वह यह भूल गए कि उनकी पुत्री कभी चुहिया थी।

माँ तो बच्ची के प्यार में खो गई। वह दिन-रात उसे खिलाने खेलने में लगी रहती। ऋषि अपनी पत्नी को ममता लुटाते देख प्रसन्न होते कि आखिर संतान न होने का उसे दुःख नहीं रहा। ऋषि ने स्वयं भी उचित समय आने पर कांता को शिक्षा दी और ज्ञान-विज्ञान की बातें सिखाईं। समय पंख लगाकर उड़ने लगा। देखते-ही-देखते माँ का प्रेम तथा ऋषि का स्नेह व शिक्षा प्राप्त करती कांता बढ़ते-बढ़ते सोलह वर्ष की सुंदर, सुशील व योग्य कन्या बन गई। माता को बेटी के विवाह की चिंता सताने लगी। एक दिन उसने ऋषि से कह डाला, "सुनो, अब हमारी कांता विवाह योग्य हो गई है। हमें उसके हाथ पीले कर देने चाहिए।"

तभी कांता वहाँ आ पहुँची। उसने अपने केशों में फूल गूँथ रखे थे। चेहरे पर यौवन दमक रहा था। ऋषि को लगा कि उनकी पत्नी ठीक कह रही है। उन्होंने धीरे से अपनी पत्नी के कान में कहा, "मैं हमारी बिटिया के लिए अच्छे-से-अच्छा वर ढूँढ़ निकालूँगा।"

उन्होंने अपने तपोबल से सूर्यदेव का आह्वान किया। सूर्य ऋषि के सामने प्रकट हुए और बोले, "प्रणाम मुनिश्री, कहिए आपने मुझे क्यों स्मरण किया? क्या आज्ञा है?"

ऋषि ने कांता की ओर इशारा करके कहा, "यह मेरी बेटी है। सर्वगुण संपन्न और सुशील। मैं चाहता हूँ कि तुम इससे विवाह कर लो।"

तभी कांता बोली, "तात, यह बहुत गरम हैं। मेरी तो आँखें चुँधिया रही हैं। मैं इनसे विवाह कैसे करूँ? न कभी इनके निकट जा पाऊँगी, न देख पाऊँगी।"

ऋषि ने कांता की पीठ थपथपाई और बोले, "ठीक है। दूसरे और श्रेष्ठ वर देखते हैं।"

सूर्यदेव बोले, "ऋषिवर, बादल मुझसे श्रेष्ठ हैं। वह मुझे भी ढक लेता है। उससे बात कीजिए।"

ऋषि के बुलाने पर बादल गरजते-बरजते और बिजलियाँ चमकाते हुए प्रकट हुए। बादल को देखते ही कांता ने विरोध किया, "तात, ये तो बहुत काले रंग का है। मेरा रंग गोरा है। हमारी जोड़ी नहीं जमेगी।"

ऋषि ने बादल से पूछा, "तुम्हीं बताओ कि तुमसे श्रेष्ठ कौन है?"

बादल ने उत्तर दिया, "पवन। वह मुझे भी उड़ाकर ले जाता है। मैं तो उसी के इशारे पर चलता रहता हूँ।"

ऋषि ने पवन का आह्वान किया। पवन देव प्रकट हुए तो ऋषि ने कांता से ही पूछा, "पुत्री, तुम्हें यह वर पसंद है?"

कांता ने अपना सिर हिलाया, "नहीं तात! यह बहुत चंचल हैं। एक जगह टिकेगा ही नहीं। इसके साथ गृहस्थी कैसे जमेगी?"

ऋषि की पत्नी भी बोली, "हम अपनी बेटी पवन देव को नहीं देंगे। दामाद कम-से-कम ऐसा तो होना चाहिए, जिसे हम अपनी आँख से देख सकें।"

ऋषि ने पवन देव से पूछा, "तुम्हीं बताओ कि तुमसे श्रेष्ठ कौन है?"

पवन देव बोले, "ऋषिवर, पर्वत मुझसे भी श्रेष्ठ है। वह मेरा रास्ता रोक लेता है।"

ऋषि के बुलावे पर पर्वतराज प्रकट हुए और बोले, "ऋषिवर, आपने मुझे क्यों याद किया?"

ऋषि ने सारी बात बताई। पर्वतराज ने कहा, "पूछ लीजिए कि आपकी कन्या को मैं पसंद हूँ क्या?"

कांता बोली, "ओह! यह तो पत्थर-ही-पत्थर है। इसका दिल भी पत्थर का होगा।"

ऋषि ने पर्वतराज से उससे भी श्रेष्ठ वर बताने को कहा तो पर्वतराज बोले, "चूहा मुझसे श्रेष्ठ है। वह मुझे भी छेदकर बिल बनाकर उसमें रहता है।"

पर्वतराज के ऐसा कहते ही एक चूहा उनके कानों से निकलकर सामने आ कूदा। चूहे को देखते ही कांता खुशी से उछल पड़ी, "तात, तात! मुझे यह चूहा बहुत पसंद है। मेरा विवाह इसी से कर दीजिए। मुझे इसके कान और पूँछ बहुत प्यारे लग रहे हैं। मुझे यही वर चाहिए।"

ऋषि ने मंत्र बल द्वारा एक चुहिया को मनुष्य तो बना दिया, पर उसका दिल चुहिया का ही रहा। ऋषि ने कांता को फिर से चुहिया बनाकर उसका विवाह चूहे से कर दिया और दोनों को विदा किया।

सीख : जन्मजात स्वभाव नकली उपायों से नहीं बदला जा सकता।

□

31

सयाना हंस

किसी जंगल में एक बड़े पेड़ पर हंसों का बसेरा था। उनमें एक बहुत सयाना हंस था, बुद्धिमान और दूरदर्शी। सब उसका आदर करते। 'सयाना' कहकर बुलाते थे।

एक दिन उसने एक नन्ही सी बेल को पेड़ के तने पर बहुत नीचे से लिपटते पाया। सयाने ने दूसरे हंसों को बुलाकर कहा, "देखो, इस बेल को नष्ट कर दो। एक दिन यह बेल हम सबको मौत के मुँह में ले जाएगी।"

एक युवा हंस हँसते हुए बोला, "सयाने, यह छोटी सी बेल हमें कैसे मौत के मुँह में ले जाएगी ?"

सयाने हंस ने समझाया, "आज यह तुम्हें छोटी सी लग रही है। धीरे-धीरे यह पेड़ के सारे तने को लपेटा मारकर ऊपर तक आएगी। फिर बेल का तना मोटा होने लगेगा और पेड़ से चिपक जाएगा, तब नीचे से ऊपर तक पेड़ पर चढ़ने के लिए सीढ़ी बन जाएगी। कोई भी शिकारी सीढ़ी के सहारे चढ़कर हम तक पहुँच जाएगा और हम मारे जाएँगे।"

दूसरे हंस को यकीन न आया, "एक छोटी सी बेल कैसे सीढ़ी बनेगी ?"

तीसरा हंस बोला, "सयाने, तुम तो बात का बतंगड़ बना रहे हो।"

एक हंस बड़बड़ाया, "यह सयाना अपनी अक्ल का रौब डालने के लिए अंट-शंट कहानी बना रहा है।"

इस प्रकार किसी ने सयाने की बात को गंभीरता से नहीं लिया।

समय बीतता रहा। बेल लिपटते-लिपटते ऊपर शाखाओं तक पहुँच गई। बेल का तना मोटा होना शुरू हुआ और सचमुच पेड़ के तने पर सीढ़ी बन गई, जिस पर आसानी से चढ़ा जा सकता था। सबको सयाने की बात की सच्चाई सामने नजर आने लगी। पर अब कुछ नहीं किया जा सकता था, क्योंकि बेल इतनी मजबूत हो गई थी कि उसे नष्ट करना हंसों के बस की बात नहीं थी।

एक दिन जब सब हंस दाना चुगने बाहर गए हुए थे, तब एक शिकारी उधर आ निकला। पेड़ पर बनी सीढ़ी को देखते ही उसने पेड़ पर चढ़कर जाल बिछाया और चला गया। साँझ को सारे हंस लौट आए और जब पेड़ से उतरे तो शिकारी के जाल में बुरी तरह फँस गए।

जब वे फँस गए और फड़फड़ाने लगे, तब उन्हें सयाने की बुद्धिमानी और दूरदर्शिता का पता लगा। सब सयाने की बात न मानने के लिए लज्जित थे और अपने आपको कोस रहे थे। सयाने सबसे रुष्ट था और चुप बैठा था।

एक हंस ने हिम्मत करके कहा, ''सयाने, हम मूर्ख हैं, लेकिन अब हमसे मुँह मत फेरो।''

दूसरा हंस बोला, ''इस संकट से निकालने की तरकीब तुम ही हमें बता सकते हो। आगे हम तुम्हारी कोई बात नहीं टालेंगे।'' सभी हंसों ने हामी भरी तब सयाने ने उन्हें बताया, ''मेरी बात ध्यान से सुनो। सुबह जब शिकारी आएगा, तब मुर्दा होने का नाटक करना। शिकारी तुम्हें मुर्दा समझकर जाल से निकालकर जमीन पर रखता जाएगा। वहाँ भी मरे समान पड़े रहना। जैसे ही वह अंतिम हंस को नीचे रखेगा, मैं सीटी बजाऊँगा। मेरी सीटी सुनते ही सब उड़ जाना।''

सुबह शिकारी आया। हंसों ने वैसा ही किया, जैसा सयाने ने समझाया था।

सचमुच शिकारी हंसों को मुर्दा समझकर जमीन पर पटकता गया। सीटी की आवाज के साथ ही सारे हंस उड़ गए। शिकारी अवाक् देखता रह गया।

सीख : बुद्धिमानों की सलाह गंभीरता से लेनी चाहिए।

□

32
तीन मछलियाँ

एक ताल में मछलियाँ तो बहुत सी रहती थीं, पर दो मछलियाँ ऐसी थीं, जिनका नाम उनकी बुद्धि के लिए पूरे ताल में फैला हुआ था।

इनमें एक को शतबुद्धि और दूसरे को सहस्रबुद्धि कहा जाता था, क्योंकि एक अक्ल के मामले में सौ के बराबर थी तो दूसरी हजार के बराबर। उनकी दोस्ती एकबुद्धि नाम के एक मेंढक से हो गई थी, जो अक्ल के मामले में उनसे बहुत ही कम बुद्धिमान था।

वे तीनों घड़ी–दो-घड़ी के लिए तालाब के किनारे बैठकर कुछ कथा–कहानी सुनते–सुनाते और फिर पानी में डुबकी लगा जाते।

हुआ यह कि जिस समय इनकी बैठक चल रही थी, उसी समय कुछ मछुआरे सिर पर मछलियाँ लादे उधर से निकले। उन्होंने उस ताल को देखकर सोचा कि इसमें मछलियाँ तो बहुत अधिक हैं, पर पानी बहुत अधिक नहीं है। उन्होंने तय किया कि अगले दिन सुबह आकर वे इस ताल में मछलियाँ मारेंगे।

उनकी बातें सुनकर सहस्रबुद्धि ने हँसकर कहा—'दोस्त, घबराने की कोई बात नहीं। किसी की बातों से ही डर जाना क्या ठीक है ? इसलिए जी कड़ा रखो। यदि साँपों, बदमाशों और लफंगों का बस चले तो यह दुनिया रहने ही न पाए। तुम देख लेना, इनमें से कोई यहाँ आनेवाला नहीं है।

मान लो आ भी गए तो तुम मेरी बुद्धि का कमाल देखना। मैं तैरने और डुबकी लगाने की इतनी चालें जानती हूँ कि अपना बचाव तो कर ही लूँगी, तुम्हें भी बचा लूँगी।

शतबुद्धि को बात जँची। बोली, ''आपको सहस्रबुद्धि कहा जाता है, वह कुछ गलत तो है नहीं। बुद्धिमान लोग तो झट वहाँ भी पहुँच जाते हैं, जहाँ न वायु जा सकती है, न सूरज की किरणें। मुझे आप पर पूरा भरोसा है। किसी की धमकी से ही बाप-दादों के समय से चला आ रहा, यह निवास जो हमारा जन्मस्थान भी है, छोड़ा तो जा नहीं सकता। जन्मभूमि क्या कोई मामूली चीज है।

कहते हैं कि यदि किसी का जन्म किसी खराब जगह में हुआ है तो भी उसे वहाँ जितना सुख मिल सकता है, वह तो स्वर्ग में अप्सराओं के स्पर्श से भी नहीं मिल सकता। इसलिए हमें अपनी मातृभूमि को नहीं छोड़ना चाहिए, फिर कुछ अक्ल तो मेरे पास भी है ही। वह ऐसे ही दिनों के लिए तो है।''

शतबुद्धि की इस बात को सुनकर मेढक बोला, ''भाई, तुम लोगों के पास जितनी अक्ल है, उतनी तो मेरे पास है नहीं, मैं ठहरा इकलौती बुद्धि का प्राणी। इसलिए मैं आज ही रात को किसी दूसरे ताल-पोखर में चला जाना चाहता हूँ।'' और वह उसी रात किसी दूसरे ताल में चला गया।

अगले दिन मछुआरों को तो आना ही था। उन्होंने जाल डालकर छोटी-बड़ी सभी तरह की मछलियों, मेढकों और केकड़ों को पकड़ लिया। शतबुद्धि और सहस्रबुद्धि अपनी अक्ल से जिस-जिस तरह बचकर भागना और निकलना संभव था, उसका प्रयोग करते हुए मछुआरों को कुछ देर तक छकाती रहीं, पर अंत में वे भी जाल में आ ही गईं।

शाम ढलने को आ गई थी। मछुआरे बहुत खुश थे। दूसरी मछलियों को तो उन्होंने टोकरे में भर लिया था, पर सहस्रबुद्धि और शतबुद्धि कुछ बड़ी और भारी थीं, इसलिए शतबुद्धि को तो एक ने अपने सिर पर डाल रखा था और दूसरे ने सहस्रबुद्धि को लटका रखा था। जब मछुआरे उस ताल के पास से जा रहे थे, जिसमें एकबुद्धि चला गया था तो उसने अपनी पत्नी से कहा,

''प्रिये, तमाशा तो देखो। वह जो सिर पर टँगा जा रहा है, वह शतबुद्धि है और जिसे मछुआरे ने लटका रखा है, वह सहस्रबुद्धि है। अब इधर मैं हूँ, एकबुद्धि, जो इस निर्मल जल में कूद-फाँद रहा हूँ।''

तो आप जो कह रहे थे कि बुद्धि बड़ी है, विद्या उसके आगे कुछ नहीं है, वह भी ठीक नहीं है। कभी-कभी अपने को तीस मारखाँ समझने वाले भी गच्चा खा जाते हैं।''

सीख : अपनी अक्ल पर जरूरत से ज्यादा घमंड नहीं करना चाहिए।

□

33
चालाक बिल्ली

एक चिड़ा पेड़ पर घोंसला बनाकर मजे से रहता था। एक दिन वह दाना-पानी के चक्कर में अच्छी फसल वाले खेत में पहुँच गया। वहाँ खाने-पीने की मौज से बड़ा खुश हुआ। उस खुशी में रात को वह घर आना भी भूल गया और उसके दिन मजे में वहीं बीतने लगे।

इधर शाम को एक खरगोश उस पेड़ के पास आया, जहाँ चिड़े का घोंसला था। पेड़ जरा भी ऊँचा नहीं था, इसलिए खरगोश ने उस घोंसले में झाँक कर देखा तो पता चला कि खाली पड़ा है।

घोंसला अच्छा-खासा बड़ा था। इतना कि वह खरगोश उसमें आराम से रह सकता था। उसे यह बना-बनाया घोंसला पसंद आ गया और उसने वहीं रहने का फैसला कर लिया।

कुछ दिनों बाद वह चिड़ा मोटा-ताजा बनकर अपने घोंसले की याद आने पर वापस लौटा। उसने देखा कि घोंसले में खरगोश आराम से बैठा हुआ है। उसे बड़ा गुस्सा आया, उसने खरगोश से कहा, "चोर कहीं के, मैं नहीं था तो मेरे घर में घुस गए हो? चलो निकलो मेरे घर से, जरा भी शर्म नहीं आई मेरे घर में रहते हुए?"

खरगोश शांति से जवाब देने लगा, "कहाँ का तुम्हारा घर? कौन सा तुम्हारा घर? यह तो मेरा घर है। पागल हो गए हो तुम। अरे! कुआँ, तालाब

या पेड़ एक बार छोड़कर कोई जाता है तो अपना हक भी गँवा देता है। यहाँ तो जब तक हम हैं, वह अपना घर है। बाद में तो उसमें कोई भी रह सकता है। अब यह घर मेरा है। बेकार में मुझे तंग मत करो।''

चिड़ा बोला, ''ऐसे बहस करने से कुछ हासिल नहीं होनेवाला। किसी धर्म पंडित के पास चलते हैं। वह जिसके हक में फैसला सुनाएँगे, उसे घर मिल जाएगा।''

उस पेड़ के पास से एक नदी बहती थी। वहाँ पर एक बड़ी सी बिल्ली बैठी थी। वह कुछ धर्मपाठ करती नजर आ रही थी।

वैसे तो वह बिल्ली इन दोनों की जन्मजात शत्रु थी, लेकिन वहाँ और कोई भी नहीं था, इसलिए उन दोनों ने उसके पास जाना और उससे न्याय लेना ही उचित समझा। सावधानी बरतते हुए बिल्ली के पास जाकर उन्होंने अपनी समस्या बताई।

उन्होंने कहा, ''हमने अपनी उलझन तो बता दी, अब इसका हल क्या है? इसका जवाब आपसे सुनना चाहते हैं। जो भी सही होगा, उसे वह घोंसला मिल जाएगा और जो झूठा होगा, उसे आप खा लेना।''

चतुर बिल्ली ने कहा, ''अरे रे! यह तुम कैसी बातें कर रहे हो, हिंसा जैसा दूसरा पाप नहीं इस दुनिया में। दूसरों को मारने वाला खुद नरक में जाता है। मैं तुम्हें न्याय देने में तो मदद करूँगी, लेकिन झूठे को खाने की बात है तो वह मुझसे नहीं हो पाएगा। मैं एक बात तुम लोगों को कानों में कहना चाहती हूँ, जरा मेरे करीब आओ तो।''

खरगोश और चिड़ा खुश हो गए कि अब फैसला होकर रहेगा और उसके बिल्कुल करीब गए। फिर क्या? करीब आए खरगोश को पंजे में पकड़कर मुँह से चिड़े को नोंच लिया। दोनों का काम तमाम कर दिया। अपने शत्रु को पहचानते हुए भी उस पर विश्वास करने से खरगोश और चिड़े को अपनी जान गँवानी पड़ी।

सीख : शत्रु से हमेशा सावधान रहें।

□

34
माँ की सीख

किसी नगर में ब्रह्मदत्त नाम का एक ब्राह्मण रहता था। एक बार उसे किसी दूसरे गाँव में कोई काम आ पड़ा। वह चलने लगा तो उसकी माँ ने कहा, ''बेटा अकेले न जाओ। किसी को साथ ले लो।''

लड़के ने कहा, ''तुम इतना क्यों घबराती हो माँ। इस रास्ते में कोई विघ्न-बाधा नहीं है। किसी को साथ लेने की क्या जरूरत है।''

माँ ने देखा, लड़का टस-से-मस नहीं हो रहा है तो उसने उसे एक केकड़ा देते हुए कहा, ''अच्छा, कोई और साथी नहीं है तो तुम इस केकड़े को ही साथ ले लो। हो सकता है, यही तुम्हारे किसी काम आ जाए।''

माँ का मन रखने के लिए लड़के ने उस केकड़े को पकड़कर कपूर की एक डिबिया में रख लिया और उसे एक झोले में डालकर चल पड़ा। गरमी के दिन थे। कड़ाके की धूप थी। वह कुछ दूर जाने के बाद एक पेड़ के नीचे आराम करने को रुका और वहीं सो गया।

इसी बीच उस पेड़ के कोटर से एक साँप निकला और रेंगता हुआ ब्राह्मण के पास चला आया। साँपों को कपूर की गंध बहुत भाती है, इसलिए वह पोटली फाड़कर उसमें रखी डिबिया को ही निगलने लगा। इसी बीच डिबिया खुल गई और उसमें रखे केकड़े ने निकलकर साँप का गला पकड़

लिया और उसकी जान ले ली।

ब्राह्मण की नींद खुली तो वह हैरान हो गया। देखता क्या है कि कपूर की डिबिया से सिर टिकाए साँप मरा पड़ा है। उसे समझते देर नहीं लगी कि यह डिबिया में रखे केकड़े का ही क़ाम है।

अब उसे अपनी माँ की कही बात याद आई कि अकेले नहीं जाना चाहिए। रास्ते के लिए कोई-न-कोई साथी जरूर ढूँढ़ लेना चाहिए। उसने सोचा, मैंने अपनी माँ की बात मान ली, सो ठीक ही किया।

सीख : जीवन में अकेले रहने से अच्छा एक साथी होना लाभदायी होता है।

□

35

खरगोश और गजराज

एक वन में हाथियों का एक झुंड रहता था। झुंड के सरदार को गजराज कहते थे। वो विशालकाय, लंबी सूँड़ तथा लंबे-मोटे दाँतोंवाला था। खंभे के समान उसके मोटे-मोटे पैर थे। जब वो चिंघाड़ता तो सारा वन गूँज उठता।

गजराज अपने झुंड के हाथियों से बड़ा प्यार करता था। स्वयं कष्ट उठा लेता था, पर झुंड के किसी भी हाथी को कष्ट में नहीं पड़ने देता था और सारे हाथी भी गजराज के प्रति बड़ी श्रद्धा रखते थे।

एक बार बारिश न होने के कारण वन में जोरों का अकाल पड़ा। नदियाँ, सरोवर सूख गए, वृक्ष और लताएँ भी सूख गईं। पानी और भोजन के अभाव में पशु-पक्षी वन को छोड़कर भाग खड़े हुए। वन में चीख-पुकार होने लगी। गजराज के झुंड के हाथी भी अकाल के शिकार होने लगे। वे भी भोजन और पानी न मिलने से तड़प-तड़पकर मरने लगे। झुंड के हाथियों का बुरा हाल देखकर गजराज बड़ा दुःखी हुआ। वह सोचने लगा, कौन सा उपाय किया जाए, जिससे हाथियों के प्राण बचें।

एक दिन गजराज ने तमाम हाथियों को बुलाकर उनसे कहा, ''इस वन में न तो भोजन है, न पानी है। तुम सब भिन्न-भिन्न दिशाओं में जाओ, भोजन और पानी की खोज करो।''

हाथियों ने गजराज की आज्ञा का पालन किया। हाथी भिन्न-भिन्न दिशाओं में छिटक गए।

एक हाथी ने लौटकर गजराज को सूचना दी, "यहाँ से कुछ दूरी पर एक दूसरा वन है। वहाँ पानी की बहुत बड़ी झील है। वन के वृक्ष फूलों और फलों से लदे हुए हैं।"

गजराज बड़ा प्रसन्न हुआ। उसने हाथियों से कहा कि अब हमें देर न करके तुरंत उसी वन में पहुँच जाना चाहिए, क्योंकि वहाँ भोजन और पानी दोनों हैं। गजराज अन्य हाथियों के साथ दूसरे वन में चला गया। हाथी वहाँ भोजन और पानी पाकर बड़े प्रसन्न हुए।

उस वन में खरगोशों की एक बस्ती थी। बस्ती में बहुत से खरगोश रहते थे। हाथी खरगोशों की बस्ती से होकर ही झील में पानी पीने के लिए जाया करते थे। हाथी जब खरगोशों की बस्ती से निकलने लगते थे तो छोटे-छोटे खरगोश उनके पैरों के नीचे आ जाते थे। कुछ खरगोश मर जाते थे, कुछ घायल हो जाते थे।

रोज-रोज खरगोशों को मरते और घायल होते देखकर खरगोशों की बस्ती में हलचल मच गई। खरगोश सोचने लगे, यदि हाथियों के पैरों से वे इसी तरह कुचले जाते रहे तो वह दिन दूर नहीं जब उनका खात्मा हो जाएगा।

अपनी रक्षा का उपाय सोचने के लिए खरगोशों ने एक सभा बुलाई। सभा में बहुत से खरगोश इकट्ठे हुए। खरगोशों के सरदार ने हाथियों के अत्याचारों का वर्णन करते हुए कहा, "क्या हममें से कोई ऐसा है, जो अपनी जान पर खेलकर हाथियों का अत्याचार बंद करा सके?"

सरदार की बात सुनकर एक खरगोश बोल उठा, "यदि मुझे खरगोशों का दूत बनाकर गजराज के पास भेजा जाए तो मैं हाथियों के अत्याचार को बंद करा सकता हूँ।" सरदार ने खरगोश की बात मान ली और खरगोशों का दूत बनाकर गजराज के पास भेज दिया।

खरगोश गजराज के पास जा पहुँचा। वह हाथियों के बीच में खड़ा था। खरगोश ने सोचा, वह गजराज के पास पहुँचे तो किस तरह पहुँचे। अगर वह

हाथियों के बीच में घुसता है तो हो सकता है, हाथी उसे पैरों से कुचल दे। यह सोचकर वह पास ही की एक ऊँची चट्टान पर चढ़ गया। चट्टान पर खड़ा होकर उसने गजराज को पुकारकर कहा, "गजराज, मैं चंद्रमा का दूत हूँ। चंद्रमा के पास से तुम्हारे लिए एक संदेश लाया हूँ।"

चंद्रमा का नाम सुनकर, गजराज खरगोश की ओर आकर्षित हुआ। उसने खरगोश की ओर देखते हुए कहा, "क्या कहा तुमने? तुम चंद्रमा के दूत हो? तुम चंद्रमा के पास से मेरे लिए क्या संदेश लाए हो?"

खरगोश बोला, "हाँ गजराज, मैं चंद्रमा का दूत हूँ। चंद्रमा ने तुम्हारे लिए संदेश भेजा है। सुनो, तुमने चंद्रमा की झील का पानी गंदा कर दिया है। तुम्हारे झुंड के हाथी खरगोशों को पैरों से कुचल-कुचलकर मार डालते हैं। चंद्रमा खरगोशों को बहुत प्यार करते हैं, उन्हें अपनी गोद में रखते हैं। चंद्रमा तुमसे बहुत नाराज हैं। तुम सावधान हो जाओ। नहीं तो चंद्रमा तुम्हारे सारे हाथियों को मार डालेंगे।"

खरगोश की बात सुनकर गजराज भयभीत हो उठा। उसने खरगोश को सचमुच चंद्रमा का दूत और उसकी बात को सचमुच चंद्रमा का संदेश समझ लिया, उसने डर कर कहा, "यह तो बड़ा बुरा संदेश है। तुम मुझे तुरंत चंद्रमा के पास ले चलो। मैं उनसे अपने अपराधों के लिए क्षमा याचना करूँगा।"

खरगोश गजराज को चंद्रमा के पास ले जाने के लिए तैयार हो गया। उसने कहा, "मैं तुम्हें चंद्रमा के पास ले चल सकता हूँ, पर शर्त यह है कि तुम अकेले ही चलोगे।" गजराज ने खरगोश की बात मान ली।

पूर्णिमा की रात थी। आकाश में चंद्रमा चमक रहा था। खरगोश गजराज को लेकर झील के किनारे गया। उसने गजराज से कहा, "गजराज, मिलो चंद्रमा से।" खरगोश ने झील के पानी की ओर संकेत किया। पानी में पूर्णिमा के चंद्रमा की परछाईं को ही चंद्रमा मान लिया।

गजराज ने चंद्रमा से क्षमा माँगने के लिए अपनी सूँड़ पानी में डाल दी। पानी में लहरें पैदा हो उठीं, परछाईं अदृश्य हो गई। गजराज बोल उठा, "दूत, चंद्रमा कहाँ चले गए?"

खरगोश ने उत्तर दिया, "चंद्रमा तुमसे नाराज हैं। तुमने झील के पानी को अपवित्र कर दिया है। तुमने खरगोशों की जान लेकर पाप किया है, इसलिए चंद्रमा तुमसे मिलना नहीं चाहते।"

गजराज ने खरगोश की बात सच मान ली। उसने डरकर कहा, "क्या ऐसा कोई उपाय है, जिससे चंद्रमा मुझसे प्रसन्न हो सकते हैं?"

खरगोश बोला, "हाँ, है। तुम्हें प्रायश्चित्त करना होगा। तुम कल सवेरे ही अपने झुंड के हाथियों को लेकर यहाँ से दूर चले जाओ। चंद्रमा तुम पर प्रसन्न हो जाएँगे।" गजराज प्रायश्चित्त करने के लिए तैयार हो गया। वह दूसरे दिन ही हाथियों के झुंड सहित वहाँ से चला गया।

इस तरह खरगोश की चालाकी ने बलवान गजराज को धोखे में डाल दिया और उसने अपनी बुद्धिमानी के बल से ही खरगोशों को मृत्यु के मुख में जाने से बचा लिया।

सीख : अक्लमंदी से बड़ी मुसीबत पर भी जीत पाई जा सकती है।

□

36

बाज ले उड़ा

किसी नगर में एक व्यापारी रहता था। दुर्भाग्य से उसकी सारी संपत्ति समाप्त हो गई, इसलिए उसने सोचा कि किसी दूसरे देश में जाकर व्यापार किया जाए। उसके पास एक भारी और मूल्यवान तराजू था। उसका वजन बीस किलो था। उसने अपने तराजू को एक सेठ के पास धरोहर रख दिया और व्यापार करने दूसरे देश चला गया।

कई देशों में घूमकर उसने व्यापार किया और खूब धन कमाकर वह घर वापस लौटा। एक दिन उसने सेठ से अपना तराजू माँगा। सेठ बेईमानी पर उतर आया, बोला, "भाई तुम्हारे तराजू को तो चूहे खा गए।"

व्यापारी ने मन-ही-मन कुछ सोचा और सेठ से बोला, "सेठजी, जब चूहे तराजू को खा गए तो आप कर भी क्या कर सकते हैं! मैं नदी में स्नान करने जा रहा हूँ। यदि आप अपने पुत्र को मेरे साथ नदी तक भेज दें तो बड़ी कृपा होगी।"

सेठ मन-ही-मन भयभीत था कि व्यापारी उस पर चोरी का आरोप न लगा दे। उसने आसानी से बात बनते देखी तो अपने पुत्र को उसके साथ भेज दिया। स्नान के बाद व्यापारी ने लड़के को एक गुफा में छिपा दिया। उसने गुफा का द्वार चट्टान से बंद कर दिया और अकेला ही सेठ के पास लौट आया।

सेठ ने पूछा, ''मेरा बेटा कहाँ रह गया?'' इस पर व्यापारी ने उत्तर दिया, ''जब हम नदी किनारे बैठे थे तो एक बड़ा सा बाज आया और झपट्टा मारकर आपके पुत्र को उठाकर ले गया।''

सेठ क्रोध से भर गया। उसने शोर मचाते हुए कहा, ''तुम झूठे और मक्कार हो। कोई बाज इतने बड़े लड़के को उठाकर कैसे ले जा सकता है? तुम मेरे पुत्र को वापस ले आओ, नहीं तो मैं राजा से तुम्हारी शिकायत करूँगा।''

व्यापारी ने कहा, ''आप ठीक कहते हैं।'' दोनों न्याय पाने के लिए राजदरबार में पहुँचे।

सेठ ने व्यापारी पर अपने पुत्र के अपहरण का आरोप लगाया। न्यायाधीश ने कहा, ''तुम सेठ के बेटे को वापस कर दो।'' इस पर व्यापारी ने कहा, ''मैं नदी के तट पर बैठा हुआ था कि एक बड़ा सा बाज झपटा और सेठ के लड़के को पंजों में दबाकर उड़ गया। मैं उसे कहाँ से वापस कर दूँ?''

न्यायाधीश ने कहा, ''तुम झूठ बोलते हो। एक बाज पक्षी इतने बड़े लड़के को कैसे उठाकर ले जा सकता है?''

इस पर व्यापारी ने कहा, ''यदि बीस किलो भार की मेरी लोहे की तराजू को साधारण चूहे खाकर पचा सकते हैं तो बाज पक्षी भी सेठ के लड़के को उठाकर ले जा सकता है।''

न्यायाधीश ने सेठ से पूछा, ''यह सब क्या मामला है?''

अंततः सेठ ने स्वयं सारी बात राजदरबार में उगल दी। न्यायाधीश ने व्यापारी को उसका तराजू दिलवा दिया और सेठ का पुत्र उसे वापस मिल गया।

सीख : चतुराई से कठिन काम भी संभव है।

□

37

एक शरीर, दो विचार

प्राचीन समय की बात है। किसी वन में एक विचित्र पक्षी रहता था। उसका धड़ एक ही था, परंतु सिर दो थे। उसका नाम था—भारुंड़। एक शरीर होने के बावजूद उसके सिरों में एकता नहीं थी और न ही तालमेल था। वे एक-दूसरे से बैर रखते थे। हर जीव सोचने-समझने का काम दिमाग से करता है और दिमाग सिर में होता है। दो सिर होने के कारण भारुंड़ के दिमाग भी दो थे। जिनमें से एक पूरब जाने की सोचता तो दूसरा पश्चिम। फल यह होता कि टाँगें एक कदम पूरब की ओर चलती तो अगला कदम पश्चिम की ओर और भारुंड़ स्वयं को वहीं खड़ा पाता। भारुंड़ का जीवन बस सिरों के बीच रस्साकसी बनकर रह गया था।

एक दिन भारुंड़ भोजन की तलाश में नदी तट पर घूम रहा था कि एक सिर को नीचे गिरा एक फल नजर आया। उसने चोंच मारकर उसे चखकर देखा तो जीभ चटकाने लगा, "वाह! ऐसा स्वादिष्ट फल तो मैंने आज तक कभी नहीं खाया। भगवान् ने दुनिया में क्या-क्या चीजें बनाई हैं।"

"अच्छा! जरा मैं भी चखकर देखूँ।" कहकर दूसरे ने अपनी चोंच उस फल की ओर बढ़ाई ही थी कि पहले सिर ने झटककर दूसरे सिर को दूर फेंका और बोला, "अपनी गंदी चोंच इस फल से दूर ही रख। यह फल मैंने

पाया है और इसे मैं ही खाऊँगा।''

''अरे! हम दोनों एक ही शरीर के भाग हैं। खाने-पीने की चीजें तो हमें बाँटकर खानी चाहिए।'' दूसरे सिर ने दलील दी।

पहला सिर कहने लगा, ''ठीक! हम एक शरीर के भाग हैं। पेट हमारा एक ही हैं। मैं इस फल को खाऊँगा तो वह पेट में ही तो जाएगा और पेट तेरा भी है।''

दूसरा सिर बोला, ''खाने का मतलब केवल पेट भरना ही नहीं होता भाई। जीभ का स्वाद भी तो कोई चीज है। तबीयत को संतुष्टि तो जीभ से ही मिलती है। खाने का असली मजा तो मुँह में ही है।''

पहला सिर चिढ़ाने वाले स्वर में बोला, ''मैंने तेरी जीभ और खाने के मजे का ठेका थोड़े ही ले रखा है। फल खाने के बाद पेट से डकार आएगी। वह डकार तेरे मुँह से भी निकलेगी। उसी से गुजारा चला लेना। अब ज्यादा बकवास न कर और मुझे शांति से फल खाने दे।'' ऐसा कहकर पहला सिर चटकारे ले-लेकर फल खाने लगा।

इस घटना के बाद दूसरे सिर ने बदला लेने की ठान ली और मौके की तलाश में रहने लगा। कुछ दिन बाद फिर भारुंड़ भोजन की तलाश में घूम रहा था कि दूसरे सिर की नजर एक फल पर पड़ी। उसे जिस चीज की तलाश थी, उसे वह मिल गई थी। दूसरा सिर उस फल पर चोंच मारने ही जा रहा था कि कि पहले सिर ने चीखकर चेतावनी दी, ''अरे, अरे! इस फल को मत खाना। क्या तुझे पता नहीं कि यह विषैला फल है? इसे खाने से मृत्यु भी हो सकती है।''

दूसरा सिर हँसा, ''हे हे हे! तू चुपचाप अपना काम देख। तुझे क्या लेना है कि मैं क्या खा रहा हूँ? भूल गया, उस दिन की बात?''

पहले सिर ने समझाने की कोशिश की, ''तूने यह फल खा लिया तो हम दोनों मर जाएँगे।''

दूसरा सिर तो बदला लेने पर उतारू था। बोला, ''मैंने तेरे मरने-जीने का ठेका थोड़े ही ले रखा है? मैं जो खाना चाहता हूँ, वह खाऊँगा चाहे उसका

नतीजा कुछ भी हो। अब मुझे शांति से मेरा फल खाने दे।''

दूसरे सिर ने सारा विषैला फल खा लिया और भारुंड़ तड़प-तड़पकर मर गया।

सीख : आपस की फूट सदा ले डूबती है।

□

38

एक और एक ग्यारह

एक बार की बात है। वनगिरि के घने जंगल में एक उन्मत्त हाथी ने भारी उत्पात मचा रखा था। वह अपनी ताकत के नशे में चूर होने के कारण किसी को कुछ नहीं समझता था।

वनगिरि में ही एक पेड़ पर एक चिड़िया व चिड़े का छोटा सा सुखी संसार था। चिड़िया अंडों पर बैठी नन्हे-नन्हे प्यारे बच्चों के निकलने के सुनहरे सपने देखती रहती। एक दिन क्रूर हाथी गरजता, चिंघाड़ता, पेड़ों को तोड़ता-मरोड़ता उसी ओर आ निकला। देखते-ही-देखते उसने चिड़िया के घोंसले वाला पेड़ भी तोड़ डाला। घोंसला नीचे आ गिरा। अंडे टूट गए और ऊपर से हाथी का पैर उस पर पड़ा।

चिड़िया और चिड़ा चीखने-चिल्लाने के सिवा और कुछ न कर सके। हाथी के जाने के बाद चिड़िया छाती पीट-पीटकर रोने लगी। तभी वहाँ कठफोड़वी आई। वह चिड़िया की अच्छी मित्र थी। कठफोड़वी ने रोने का कारण पूछा तो चिड़िया ने सारी कहानी कही। कठफोड़वी बोली, ''इस प्रकार गम में डूबे रहने से कुछ नहीं होगा। उस हाथी को सबक सिखाने के लिए हमें कुछ करना होगा।''

चिड़िया ने निराशा दिखाई, ''हम छोटे-मोटे जीव उस बलशाली हाथी

से कैसे टक्कर ले सकते हैं ?''

कठफोड़वी ने समझाया, ''एक और एक मिलकर ग्यारह बनते हैं। हम अपनी शक्तियाँ जोड़ेंगे।''

''कैसे ?'' चिड़िया ने पूछा।

''मेरा एक मित्र वीक्र आँख नामक भँवरा है। हमें उससे सलाह लेनी चाहिए।'' चिड़िया और कठफोड़वी भँवरे से मिली। भँवरा गुनगुनाया, ''यह तो बहुत बुरा हुआ। मेरा एक मेढक मित्र है, आओ उससे सहायता माँगें।''

अब तीनों उस सरोवर के किनारे पहुँचे, जहाँ वह मेढक रहता था। भँवरे ने सारी समस्या बताई। मेढक भर्राए स्वर में बोला, ''आप लोग धैर्य से जरा यहीं मेरी प्रतीक्षा करें। मैं गहरे पानी में बैठकर सोचता हूँ।''

ऐसा कहकर मेढक जल में कूद गया। आधे घंटे बाद वह पानी से बाहर आया तो उसकी आँखें चमक रही थीं। वह बोला, ''दोस्तो! उस हत्यारे हाथी को नष्ट करने की मेरे दिमाग में एक बड़ी अच्छी योजना आई है। उसमें सभी का योगदान होगा।''

मेढक ने जैसे ही अपनी योजना बताई, सब खुशी से उछल पड़े। योजना सचमुच अद्‌भुत थी। मेढक ने सबको अपनी-अपनी भूमिका समझाई।

कुछ ही दूर वह उन्मत्त हाथी तोड़-फोड़ मचाकर व पेट भरकर, कोंपलों वाली शाखाएँ खाकर मस्ती में खड़ा झूम रहा था। पहला काम भँवरे का था। वह हाथी के कानों के पास जाकर मधुर राग गुँजाने लगा। राग सुनकर हाथी मस्त होकर आँखें बंद करके झूमने लगा।

तभी कठफोड़वी ने अपना काम कर दिखाया। वह आई और अपनी सुई जैसी नुकीली चोंच से उसने तेजी से हाथी की दोनों आँखें बींध डाली। हाथी की आँखें फूट गईं। वह तड़पता हुआ अंधा होकर इधर-उधर भागने लगा।

जैसे-जैसे समय बीतता गया, हाथी का क्रोध बढ़ता गया। आँखों से नजर न आने के कारण ठोकरों और टक्करों से उसका शरीर जख्मी होता जा रहा था। जख्म उसे और चिल्लाने पर मजबूर कर रहे थे।

चिड़िया कृतज्ञ स्वर में मेढक से बोली, ''मित्र, मैं आजीवन तुम्हारी

आभारी रहूँगी। तुमने मेरी इतनी सहायता कर दी।''

मेढक ने कहा, ''आभार मानने की जरूरत नहीं। मित्र ही मित्रों के काम आते हैं।''

एक तो आँखों में जलन और ऊपर से चिल्लाते-चिंघाड़ते हाथी का गला सूख गया। उसे तेज प्यास लगने लगी। अब उसे एक ही चीज की तलाश थी, पानी।

मेढक ने अपने बहुत से बंधु-बांधवों को इकट्ठा किया और उन्हें ले जाकर दूर बहुत बड़े गड्ढे के किनारे बैठकर टर्राने के लिए कहा। सारे मेढक टर्राने लगे।

मेढक की टर्राहट सुनकर हाथी के कान खड़े हो गए। वह जानता था कि मेढक जल स्रोत के निकट ही वास करते हैं। वह उसी दिशा में चल पड़ा।

टर्राहट और तेज होती जा रही थी। प्यासा हाथी और तेज भागने लगा।

जैसे ही हाथी गड्ढे के निकट पहुँचा, मेढकों ने पूरा जोर लगाकर टर्राना शुरू किया। हाथी आगे बढ़ा और विशाल पत्थर की तरह गड्ढे में गिर पड़ा, जहाँ उसके प्राण पखेरू उड़ते देर नहीं लगी। इस प्रकार उस अहंकार में डूबे हाथी का अंत हुआ।

सीख : अहंकारी का अंत निश्चित है।

□

39

चतुराई

एक समय की बात है, कबूतरों का एक दल भोजन की तलाश में उड़ता हुआ जा रहा था। गलती से वह दल भटककर ऐसे प्रदेश के ऊपर से गुजरा, जहाँ भयंकर अकाल पड़ा था। कबूतरों का सरदार चिंतित था। कबूतरों के शरीर की शक्ति समाप्त होती जा रही थी। शीघ्र ही कुछ दाना मिलना जरूरी था। दल का युवा कबूतर सबसे नीचे उड़ रहा था। भोजन नजर आने पर उसे ही बाकी दल को सूचित करना था। बहुत समय उड़ने के बाद वह सूखाग्रस्त क्षेत्र से बाहर आया। नीचे हरियाली नजर आने लगी तो भोजन मिलने की उम्मीद बनी। युवा कबूतर और नीचे उड़ान भरने लगा। तभी उसे नीचे खेत में बहुत सारा अन्न बिखरा नजर आया। वह बोला, "चाचा, नीचे खेत में बहुत सारा दाना बिखरा पड़ा है। हम सबका पेट भर जाएगा।"

सरदार ने सूचना पाते ही कबूतरों को नीचे उतरकर खेत में बिखरा दाना चुगने का आदेश दिया। सारा दल नीचे उतरा और दाना चुगने लगा। वास्तव में वह दाना पक्षी पकड़ने वाले एक शिकारी ने बिखेर रखा था। ऊपर पेड़ पर उसका जाल तना था। जैसे ही कबूतर-दल दाना चुगने लगा, जाल उन पर आ गिरा। सारे कबूतर उसमें फँस गए।

कबूतरों के सरदार ने माथा पीटा, "ओह! यह तो हमें फँसाने के लिए

फैलाया गया जाल था। भूख ने मेरी अक्ल पर परदा डाल दिया था। मुझे सोचना चाहिए था कि इतना अन्न बिखरा होने का कोई मतलब है। 'अब पछताए होत क्या, जब चिड़िया चुग गई खेत'?"

एक कबूतर रोने लगा, "हम सब मारे जाएँगे।"

बाकी कबूतर तो हिम्मत हार बैठे थे, पर सरदार गहरी सोच में डूबा था। एकाएक उसने कहा, "सुनो, जाल मजबूत है यह ठीक है, पर इसमें इतनी भी शक्ति नहीं कि एकता की शक्ति को हरा सके। हम अपनी सारी शक्ति को जोड़ें तो मौत के मुँह में जाने से बच सकते हैं।"

युवा कबूतर फड़फड़ाया, "चाचा! साफ-साफ बताओ तुम कहना क्या चाहते हो। जाल ने हमें तोड़ रखा है, शक्ति कैसे जोड़ें?"

सरदार बोला, "तुम सब चोंच से जाल को पकड़ो, फिर जब मैं फुर्र कहूँ तो एक साथ जोर लगाकर उड़ना।"

सबने ऐसा ही किया। तभी जाल बिछाने वाला शिकारी आता नजर आया। जाल में कबूतर को फँसा देख उसकी आँखें चमकीं। हाथ में पकड़ा डंडा उसने मजबूती से पकड़ा व जाल की ओर दौड़ा।

शिकारी जाल से कुछ ही दूर था कि कबूतरों का सरदार बोला, "फुर्ररर्र!"

सारे कबूतर एक साथ जोर लगाकर उड़े तो पूरा जाल हवा में ऊपर उठा और सारे कबूतर जाल को लेकर उड़ने लगे। कबूतरों को जाल सहित उड़ते देखकर शिकारी अवाक् रह गया। कुछ सँभला तो जाल के पीछे दौड़ने लगा। कबूतर सरदार ने शिकारी को जाल के पीछे दौड़ते पाया तो उसका इरादा समझ गया। सरदार भी जानता था कि अधिक देर तक कबूतर दल के लिए जाल सहित उड़ते रहना संभव न होगा। पर सरदार के पास इसका उपाय था। निकट ही एक पहाड़ी पर उसका एक चूहा मित्र रहता था। सरदार ने कबूतरों को तेजी से उस पहाड़ी की ओर उड़ने का आदेश दिया। पहाड़ी पर पहुँचते ही सरदार का संकेत पाकर जाल समेत कबूतर चूहे के बिल के निकट उतरे।

सरदार ने मित्र चूहे को आवाज दी। संक्षेप में चूहे को सारी घटना बताई और जाल काटकर उन्हें आजाद करने के लिए कहा। कुछ ही देर में चूहे

ने वह जाल काट दिया। सरदार ने अपने मित्र चूहे को धन्यवाद दिया और कबूतर दल आकाश में आजादी की उड़ान भरने लगा।

सीख : एकजुट होकर बड़ी-से-बड़ी विपत्ति का सामना किया जा सकता है।

□

40

सयाना कौआ

बहुत समय पहले की बात है, एक वन में एक विशाल बरगद का पेड़ कौओं की राजधानी था। हजारों कौए उस पर वास करते थे। उसी पेड़ पर कौओं का राजा मेघवर्ण भी रहता था।

बरगद के पेड़ के पास ही एक पहाड़ी थी, जिसमें असंख्य गुफाएँ थीं। उन गुफाओं में उल्लू निवास करते थे, उनका राजा अरिमर्दन था। अरिमर्दन बहुत पराक्रमी था। कौओं को तो उसने उल्लुओं का दुश्मन नंबर एक घोषित कर रखा था। उसे कौओं से इतनी नफरत थी कि किसी कौए को मारे बिना वह भोजन नहीं करता था।

जब कौए बहुत अधिक मारे जाने लगे तो उनके राजा मेघवर्ण को बहुत चिंता हुई। उसने कौओं की एक सभा बुलाई। मेघवर्ण बोला, ''प्यारे दोस्तो, आपको तो पता ही है कि उल्लुओं के आक्रमण के कारण हमारा जीवन असुरक्षित हो गया है। हमारा शत्रु शक्तिशाली है और अहंकारी भी। हम पर रात को हमले किए जाते हैं, जब हम देख नहीं पाते। दिन में हम जवाबी हमला नहीं कर पाते, क्योंकि वे गुफाओं के अँधेरे में सुरक्षित बैठे रहते हैं।''

मेघवर्ण ने कौओं से अपने सुझाव देने के लिए कहा।

एक डरपोक कौआ बोला, ''हमें उल्लुओं से समझौता कर लेना चाहिए।

वे जो शर्तें रखें, हम स्वीकार करें। अपने से ताकतवर दुश्मन से पिटते रहने में क्या तुक है?''

बहुत से कौओं ने काँ-काँ करके विरोध प्रकट किया। एक गरम दिमाग का कौआ चीखा, ''हमें उन दुष्टों से बात नहीं करनी चाहिए। सब उठो और उन पर आक्रमण कर दो।''

एक निराशावादी कौआ बोला, ''शत्रु बलवान है। हमें यह स्थान छोड़कर चले जाना चाहिए।''

एक सयाने कौए ने सलाह दी, ''अपना घर छोड़ना ठीक नहीं होगा। हम यहाँ से गए तो बिल्कुल ही टूट जाएँगे। हमें यहीं रहकर और पक्षियों से सहायता लेनी चाहिए।''

कौओं में सबसे चतुर व बुद्धिमान स्थिरजीवी नामक कौआ था, जो चुपचाप बैठा सबकी दलीलें सुन रहा था। राजा मेघवर्ण उसकी ओर मुड़ा, ''महाशय, आप चुप हैं। मैं आपकी राय जानना चाहता हूँ।''

स्थिरजीवी बोला, ''महाराज, शत्रु अधिक शक्तिशाली हो तो छलनीति से काम लेना चाहिए।''

''कैसी छलनीति? जरा साफ-साफ बताइए, स्थिरजीवी।'' राजा ने कहा।

स्थिरजीवी बोला, ''आप मुझे भला-बुरा कहिए और मुझ पर जानलेवा हमला कीजिए।''

मेघवर्ण चौंका, ''यह आप क्या कह रहे हैं स्थिरजीवी?''

स्थिरजीवी राजा मेघवर्ण वाली डाली पर जाकर कान में बोला, ''छलनीति के लिए हमें यह नाटक करना पड़ेगा। हमारे आस-पास के पेड़ों पर बैठे उल्लू जासूस हमारी इस सभा की सारी काररवाई देख रहे हैं। उन्हें दिखाकर हमें फूट और झगड़े का नाटक करना होगा। इसके बाद आप सारे कौओं को लेकर ऋष्यमूक पर्वत पर जाकर मेरी प्रतीक्षा करें। मैं उल्लुओं के दल में शामिल होकर उनके विनाश का सामान जुटाऊँगा। घर का भेदी बनकर उनकी लंका ढाऊँगा।''

फिर नाटक शुरू हुआ। स्थिरजीवी चिल्लाकर बोला, "मैं जैसा कहता हूँ, वैसा कर राजा के बच्चे। क्यों हमें मरवाने पर तुला है ?"

मेघवर्ण चीख उठा, "गद्दार, राजा से ऐसी बदतमीजी से बोलने की तेरी हिम्मत कैसे हुई ?"

कई कौए एक साथ चिल्ला उठे, "इस गद्दार को मार दो।"

राजा मेघवर्ण ने अपने पंख से स्थिरजीवी को जोरदार झापड़ मारकर तने से गिरा दिया और घोषणा की, "मैं गद्दार स्थिरजीवी को कौआ समाज से निकाल रहा हूँ। अब से कोई कौआ इस नीच से कोई संबंध नहीं रखेगा।"

आस-पास के पेड़ों पर छिपे बैठे उल्लू जासूसों की आँखें चमक उठीं। उल्लुओं के राजा को जासूसों ने सूचना दी कि कौओं में फूट पड़ गई है। मार-पीट और गाली-गलौच हो रही है। इतना सुनते ही उल्लुओं के सेनापति ने राजा से कहा, "महाराज, यही मौका है कौओं पर आक्रमण करने का। इस समय हम उन्हें आसानी से हरा देंगे।"

उल्लुओं के राजा अरिमर्दन को सेनापति की बात सही लगी। उसने तुरंत आक्रमण का आदेश दे दिया। बस फिर क्या था, उल्लुओं की सेना बरगद के पेड़ पर आक्रमण करने चल दी। परंतु वहाँ एक भी कौआ नहीं मिला।

मिलता भी कैसे ? योजना के अनुसार मेघवर्ण सारे कौओं को लेकर ऋष्यमूक पर्वत की ओर कूच कर गया था। पेड़ खाली पाकर उल्लुओं के राजा ने थूका, "कौए हमारा सामना करने की बजाय भाग गए। ऐसे कायरों पर हजार थू।"

सारे उल्लू 'हू-हू' की आवाज निकालकर अपनी जीत की घोषणा करने लगे। नीचे झाड़ियों में गिरा पड़ा स्थिरजीवी कौआ यह सब देख रहा था। स्थिरजीवी ने काँ-काँ की आवाज निकाली। उसे देखकर जासूस उल्लू बोला, "अरे, यह तो वही कौआ है, जिसे इसके राजा ने धक्का देकर गिरा दिया था और अपमानित किया था।"

उल्लुओं का राजा भी आया। उसने पूछा, "तुम्हारी यह दुर्दशा कैसे हुई ?" स्थिरजीवी बोला, "मैं राजा मेघवर्ण का नीतिमंत्री था। मैंने उनको

नेक सलाह दी कि उल्लुओं का नेतृत्व इस समय एक पराक्रमी राजा कर रहे हैं। हमें उल्लुओं की अधीनता स्वीकार कर लेनी चाहिए। मेरी बात सुनकर मेघवर्ण क्रोधित हो गया और मुझे फटकार कर कौओं की जाति से बाहर कर दिया। मुझे अपनी शरण में ले लीजिए।''

उल्लुओं का राजा अरिमर्दन सोच में पड़ गया। उसके सयाने नीति सलाहकार ने कान में कहा, ''राजन, शत्रु की बात का विश्वास नहीं करना चाहिए। यह हमारा शत्रु है। इसे मार दो।''

एक चापलूस मंत्री बोला, ''नहीं महाराज! इस कौए को अपने साथ मिलाने से बड़ा लाभ रहेगा। यह कौओं के घर के भेद हमें बताएगा।''

राजा को भी स्थिरजीवी को अपने साथ मिलाने में लाभ नजर आया और उल्लू स्थिरजीवी कौए को अपने साथ ले गए। वहाँ अरिमर्दन ने उल्लू सेवकों से कहा, ''स्थिरजीवी को गुफा के शाही मेहमान कक्ष में ठहराओ। इन्हें कोई कष्ट नहीं होना चाहिए।''

स्थिरजीवी हाथ जोड़कर बोला, ''महाराज, आपने मुझे शरण दी, यही बहुत है। मुझे अपनी शाही गुफा के बाहर एक पत्थर पर सेवक की तरह ही रहने दीजिए। वहाँ बैठकर आपके गुण गाते रहने की ही मेरी इच्छा है।'' इस प्रकार स्थिरजीवी शाही गुफा के बाहर डेरा जमाकर बैठ गया।

गुफा में नीति सलाहकार ने राजा से फिर से कहा, ''महाराज! शत्रु पर विश्वास मत करो। उसे अपने घर में स्थान देना तो आत्महत्या करने के समान है।'' अरिमर्दन ने उसे क्रोध से देखा, ''तुम मुझे ज्यादा नीति समझाने की कोशिश मत करो। चाहो तो तुम यहाँ से जा सकते हो।'' नीति सलाहकार उल्लू अपने दो-तीन मित्रों के साथ वहाँ से सदा के लिए यह कहता हुआ चला गया, ''विनाशकाले विपरीत बुद्धि।''

कुछ दिनों बाद स्थिरजीवी लकड़ियाँ लाकर गुफा के द्वार के पास रखने लगा, ''सरकार, सर्दियाँ आनेवाली हैं। मैं लकड़ियों की झोंपड़ी बनाना चाहता हूँ, ताकि ठंड से बचाव हो।'' धीरे-धीरे लकड़ियों का काफी ढेर जमा हो गया। एक दिन जब सारे उल्लू सो रहे थे तो स्थिरजीवी वहाँ से उड़कर सीधे

ऋष्यमूक पर्वत पर पहुँचा, जहाँ मेघवर्ण और कौओं सहित उसी की प्रतीक्षा कर रहे थे। स्थिरजीवी ने कहा, ''अब आप सब निकट के जलते जंगल से एक-एक जलती लकड़ी चोंच में उठाकर मेरे पीछे आइए।''

कौओं की सेना चोंच में जलती लकड़ियाँ पकड़कर स्थिरजीवी के साथ उल्लुओं की गुफाओं में आ पहुँची। स्थिरजीवी द्वारा ढेर लगाई लकड़ियों में आग लगा दी गई और देखते-ही-देखते सभी उल्लू जलने या दम घुटने से मर गए। राजा मेघवर्ण ने स्थिरजीवी को काकरत्न की उपाधि दी।

सीख : शत्रु को घर में पनाह देना अपना विनाश करना है।

□

41
महाचतुरक

एक जंगल में महाचतुरक नामक एक सियार रहता था। एक दिन जंगल में उसने एक मरा हुआ हाथी देखा। उसकी बाँछें खिल गईं। उसने हाथी के मृत शरीर पर दाँत गड़ाए पर चमड़ी मोटी होने की वजह से वह हाथी को चीरने में नाकाम रहा।

वह कुछ उपाय सोच ही रहा था कि उसे एक सिंह आता हुआ दिखाई दिया। आगे बढ़कर उसने सिंह का स्वागत किया और हाथ जोड़कर कहा, ''स्वामी आपके लिए ही मैंने इस हाथी को मारकर रखा है, आप इस हाथी का मांस खाकर मुझ पर उपकार कीजिए।''

सिंह ने कहा, ''मैं तो किसी के हाथों मारे गए जीव को खाता नहीं हूँ, इसे तुम ही खाओ।''

सियार मन-ही-मन खुश तो हुआ, पर उसकी हाथी की चमड़ी को चीरने की समस्या अब भी हल न हुई थी। थोड़ी देर में उस तरफ एक बाघ आ निकला। बाघ ने मरे हाथी को देखकर अपने होंठ पर जीभ फिराई। सियार ने उसकी मंशा भाँपते हुए कहा, ''मामा, आप इस मृत्यु के मुँह में कैसे आ गए? सिंह ने इसे मारा है और मुझे इसकी रखवाली करने को कह गया है। एक बार किसी बाघ ने उनके शिकार को जूठा कर दिया था, तब से आज

तक वे बाघ जाति से नफरत करने लगे हैं। आज तो हाथी को खाने वाले बाघ को वह जरूर मार गिराएँगे।''

यह सुनते ही बाघ वहाँ से भाग खड़ा हुआ। पर तभी एक चीता आता हुआ दिखाई दिया। सियार ने सोचा कि चीते के दाँत तेज होते हैं। कुछ ऐसा करूँ कि यह हाथी की चमड़ी भी फाड़ दे और मांस भी न खाए। उसने चीते से कहा, ''प्रिय भानजे, इधर कैसे निकले? कुछ भूखे भी दिखाई पड़ रहे हो। सिंह ने इसकी रखवाली मुझे सौंपी है, पर तुम इसमें से कुछ मांस खा सकते हो। मैं जैसे ही सिंह को आता हुआ देखूँगा, तुम्हें सूचना दे दूँगा, तुम सरपट भाग जाना।''

पहले तो चीते ने डर से मांस खाने से मना कर दिया, पर सियार के विश्वास दिलाने पर राजी हो गया। चीते ने पलभर में हाथी की चमड़ी फाड़ दी। पर जैसे ही उसने मांस खाना शुरू किया कि दूसरी तरफ देखते हुए सियार ने घबराकर कहा, ''भागो सिंह आ रहा है।''

इतना सुनना था कि चीता सरपट भाग खड़ा हुआ। सियार बहुत खुश हुआ। उसने कई दिनों तक उस विशाल जानवर का मांस खाया। सिर्फ अपनी सूझ-बूझ से छोटे से सियार ने अपनी समस्या का हल निकाल लिया।

सीख : बुद्धि के प्रयोग से कठिन-से-कठिन काम भी संभव हो जाता है।

□

42

चतुर खरगोश

किसी घने वन में सिंहनक नाम का एक बड़ा क्रूर शेर रहता था। वह रोज शिकार पर निकलता और कई–कई जानवरों का काम तमाम कर देता। जंगल के जानवर डरने लगे कि अगर शेर इसी तरह शिकार करता रहा तो एक दिन ऐसा आएगा कि जंगल में कोई भी जानवर नहीं बचेगा।

सारे जंगल में सनसनी फैल गई। शेर को रोकने के लिए कोई–न–कोई उपाय करना जरूरी था। एक दिन जंगल के सारे जानवर इकट्ठे हुए और इस प्रश्न पर विचार करने लगे। अंत में उन्होंने तय किया कि वे सब शेर के पास जाकर इस बारे में बात करें। दूसरे दिन जानवरों का एक दल शेर के पास पहुँचा। उन्हें एक साथ अपनी ओर आते देख शेर घबरा गया और उसने गरजकर पूछा, "क्या बात है ? तुम सब एक साथ क्यों आ रहे हो ?"

जानवर दल के नेता ने कहा, "महाराज, हम आपसे एक निवेदन करने आए हैं। आप राजा हैं और हम आपकी प्रजा। जब आप शिकार करने निकलते हैं तो बहुत से जानवर मार डालते हैं। आप सबको खा भी नहीं पाते। इस तरह से हमारी संख्या कम होती जा रही है। अगर ऐसा ही होता रहा तो कुछ ही दिनों में जंगल में आपके सिवाय और कोई भी नहीं बचेगा। प्रजा के बिना राजा भी कैसे रह सकता है ? यदि हम सभी मर जाएँगे तो आप भी राजा

नहीं रहेंगे। हम चाहते हैं कि आप सदा हमारे राजा बने रहें। आपसे हमारी विनती है कि आप अपने घर पर ही रहा करें। हर रोज हम स्वयं आपके खाने के लिए एक जानवर भेज दिया करेंगे। इस तरह से राजा और प्रजा दोनों ही चैन से रह सकेंगे।''

शेर को लगा कि जानवरों की बात में सच्चाई है। उसने पलभर सोचा, फिर बोला, ''अच्छी बात है। मैं तुम्हारे सुझाव को मान लेता हूँ। लेकिन याद रखना, अगर किसी भी दिन तुमने मेरे खाने के लिए पूरा भोजन नहीं भेजा तो मैं जितने जानवर चाहूँगा, मार डालूँगा।'' जानवरों के पास तो और कोई चारा नहीं, इसलिए उन्होंने शेर की शर्त मान ली और अपने-अपने घर चले गए।

उस दिन से हर रोज शेर के खाने के लिए एक जानवर भेजा जाने लगा। इसके लिए जंगल में रहनेवाले सब जानवरों में से एक-एक जानवर, बारी-बारी से चुना जाता था। कुछ दिन बाद खरगोशों की बारी आई। शेर के भोजन के लिए एक नन्हे से खरगोश को चुना गया। वह खरगोश जितना छोटा था, उतना ही चतुर भी था। उसने सोचा, बेकार में शेर के हाथों मरना मूर्खता है, अपनी जान बचाने का कोई-न-कोई उपाय अवश्य करना चाहिए और हो सके तो कोई ऐसी तरकीब ढूँढ़नी चाहिए, जिससे सभी को इस मुसीबत से सदा के लिए छुटकारा मिल जाए। आखिर उसने एक तरकीब सोच निकाली।

खरगोश धीरे-धीरे शेर के घर की ओर चल पड़ा। और जब वह शेर के पास पहुँचा तो बहुत देर हो चुकी थी।

भूख के मारे शेर का बुरा हाल था। जब उसने सिर्फ एक छोटे से खरगोश को अपनी ओर आते देखा तो गुस्से से बौखला उठा और गरजकर बोला, ''किसने तुम्हें भेजा है ? एक तो पिद्दी जैसे हो, दूसरे इतनी देर से आ रहे हो। जिन बेवकूफों ने तुम्हें भेजा है। मैं उन सबको ठीक करूँगा। एक-एक का काम तमाम न किया तो मेरा नाम सिंहनक नहीं।''

नन्हे खरगोश ने आदर से जमीन तक झुककर कहा, ''महाराज, अगर आप कृपा करके मेरी बात सुन लें तो मुझे या और जानवरों को दोष नहीं देंगे। वे तो जानते थे कि एक छोटा सा खरगोश आपके भोजन के लिए पूरा नहीं

पड़ेगा, "इसलिए उन्होंने छह खरगोश भेजे थे, लेकिन रास्ते में हमें एक और शेर मिल गया। वह पाँच खरगोशों को मारकर खा गया।"

यह सुनते ही शेर दहाड़कर बोला, "क्या कहा? दूसरा शेर? कौन है वह? तुमने उसे कहाँ देखा?"

"महाराज, वह तो बहुत ही बड़ा शेर है।" खरगोश ने कहा, "वह जमीन के अंदर बनी एक बड़ी गुफा से निकला था। वह तो मुझे मारने जा रहा था। पर मैंने उससे कहा, "सरकार, आपको पता नहीं कि आपने क्या अँधेर कर दिया है। हम सब अपने महाराज के भोजन के लिए जा रहे हैं, लेकिन आपने उनका सारा भोजन खा लिया। हमारे महाराज ये बात सहन नहीं करेंगे। वह जरूर यह यहाँ आकर आपको मार डालेंगे।"

इस पर उसने पूछा, "तुम्हारा राजा कौन है?" मैंने जवाब दिया, "हमारा राजा जंगल का सबसे बड़ा शेर है।"

"महाराज, मेरे ऐसा कहते ही वह गुस्से से लाल-पीला होकर बोला, बेवकूफ, इस जंगल का राजा सिर्फ मैं हूँ। यहाँ सब जानवर मेरी प्रजा है। मैं उनके साथ जैसा चाहूँ, वैसा कर सकता हूँ। जिस मूर्ख को तुम अपना राजा कहते हो, उस चोर को मेरे सामने हाजिर करो। मैं उसे बताऊँगा कि असली राजा कौन है। महाराज, इतना कहकर उस शेर ने आपको लाने के लिए मुझे यहाँ भेज दिया।"

खरगोश की बात सुनकर शेर को बड़ा गुस्सा आया और वह बार-बार गरजने लगा। उसकी भयानक गरज से सारा जंगल दहलने लगा। "मुझे फौरन उस मूर्ख का पता बताओ।" शेर ने दहाड़कर कहा, "जब तक मैं उसे जान से नहीं मार दूँगा, मुझे चैन नहीं मिलेगा।"

"बहुत अच्छा महाराज।" खरगोश बोला, "मौत ही उस दुष्ट की सजा है। अगर मैं और बड़ा और मजबूत होता तो मैं खुद ही उसके टुकड़े-टुकड़े कर देता।"

"चलो, रास्ता दिखाओ।" शेर ने कहा, "फौरन बताओ कहाँ चलना है?"

"इधर आइए महाराज, इधर।" खरगोश रास्ता दिखाते हुआ शेर को एक कुएँ के पास ले गया और बोला, "महाराज, वह दुष्ट शेर जमीन के नीचे किले में रहता है। जरा सावधान रहिएगा। किले में छुपा दुश्मन खतरनाक होता है।"

"मैं उससे निपट लूँगा।" शेर ने कहा, "तुम यह बताओ कि वह कहाँ है?"

"पहले जब मैंने उसे देखा था, तब तो वह यहीं बाहर खड़ा था। लगता है, आपको आता देखकर वह अपने किले में घुस गया। आइए, मैं आपको दिखाता हूँ।"

खरगोश ने कुएँ के नजदीक आकर अंदर झाँकने के लिए कहा। शेर ने कुएँ के अंदर झाँका तो पानी में उसे अपनी परछाईं दिखाई दी।

परछाईं को देखकर शेर जोर से दहाड़ा। कुएँ के अंदर से आती अपनी ही दहाड़ की गूँज सुनकर उसने समझा कि दूसरा शेर भी दहाड़ रहा है। दुश्मन को तुरंत मार डालने के इरादे से वह फौरन कुएँ में कूद पड़ा।

कूदते ही पहले तो वह कुएँ की दीवार से टकराया, फिर धड़ाम से पानी में गिरा और डूबकर मर गया। इस तरह चतुराई से शेर से छुट्टी पाकर नन्हा खरगोश घर लौटा। उसने जंगल के जानवरों को शेर के मारे जाने की कहानी सुनाई। दुश्मन के मारे जाने की खबर से सारे जंगल में खुशी फैल गई। जंगल के सभी जानवर खरगोश की जय-जयकार करने लगे।

सीख : सूझ-बूझ से बड़े दुश्मन से भी छुटकारा पाया जा सकता है।

□

43

मददगार

प्राचीन काल में एक नदी के किनारे बसा नगर व्यापार का केंद्र था। फिर आए उस नगर के बुरे दिन, जब एक वर्ष भारी वर्षा हुई। नदी ने अपना रास्ता बदल दिया।

लोगों के लिए पीने का पानी न रहा और देखते-ही-देखते नगर वीरान हो गया। अब वह जगह केवल चूहों के लायक रह गई। चारों ओर चूहे-ही-चूहे नजर आने लगे। चूहों का पूरा साम्राज्य ही स्थापित हो गया। चूहों के उस साम्राज्य का राजा बना मूषकराज चूहा। चूहों का भाग्य देखिए, उनके बसने के बाद नगर के बाहर जमीन से पानी का एक सोता फूट पड़ा और वहाँ एक बड़ा तालाब बन गया।

नगर से कुछ ही दूर एक घना जंगल था। जंगल में अनगिनत हाथी रहते थे। उनका राजा गजराज नामक एक विशाल हाथी था। उस जंगल क्षेत्र में भयानक सूखा पड़ा। जीव-जंतु पानी की तलाश में इधर-उधर मारे-मारे फिरने लगे। भारी-भरकम शरीर वाले हाथियों की तो दुर्दशा हो गई।

हाथियों के बच्चे प्यास से व्याकुल होकर चिल्लाने व दम तोड़ने लगे। गजराज खुद सूखे की समस्या से चिंतित था और हाथियों का कष्ट जानता था। एक दिन गजराज की मित्र चील ने आकर खबर दी कि खँडहर बने नगर

के दूसरी ओर एक तालाब है। गजराज ने सबको तुरंत उस तालाब की ओर चलने का आदेश दिया। सैकड़ों हाथी प्यास बुझाने डोलते हुए चल पड़े। तालाब तक पहुँचने के लिए उन्हें खँडहर बने नगर के बीच से गुजरना पड़ा।

हाथियों के हजारों पैर चूहों को रौंदते हुए निकल गए। हजारों चूहे मारे गए। खँडहर नगर की सड़कें चूहों के खून-मांस के कीचड़ से लथपथ हो गई। मुसीबत यहीं खत्म नहीं हुई। हाथियों का दल फिर उसी रास्ते से लौटा। हाथी रोज उसी मार्ग से पानी पीने जाने लगे।

काफी सोचने-विचारने के बाद मूषकराज के मंत्रियों ने कहा, "महाराज, आपको ही जाकर गजराज से बात करनी चाहिए। वह दयालु हाथी हैं।" मूषकराज हाथियों के वन में गया। एक बड़े पेड़ के नीचे गजराज खड़ा था।

मूषकराज उसके सामने के बड़े पत्थर के ऊपर चढ़ा और गजराज को नमस्कार करके बोला, "गजराज को मूषकराज का नमस्कार। हे महान् हाथी, मैं एक निवेदन करना चाहता हूँ।"

आवाज गजराज के कानों तक नहीं पहुँच रही थी। दयालु गजराज उसकी बात सुनने के लिए नीचे बैठ गया और अपना एक कान पत्थर पर चढ़े मूषकराज के निकट ले जाकर बोला, "नन्हे मियाँ, आप कुछ कह रहे थे। कृपया फिर से कहिए।"

मूषकराज बोला, "हे गजराज, मूषकराज चूहा कहते हैं। हम बड़ी संख्या में खँडहर बनी नगरी में रहते हैं। आपके हाथी रोज तालाब तक जाने के लिए नगरी के बीच से गुजरते हैं। हर बार उनके पैरों तले हजारों चूहे मरते हैं। यह मूषक संहार बंद न हुआ तो हम नष्ट हो जाएँगे।"

गजराज ने दुःख भरे स्वर में कहा, "मूषकराज, आपकी बात सुनकर मुझे बहुत दुःख हुआ। हमें ज्ञान ही नहीं था कि हम इतना अनर्थ कर रहे हैं। हम नया रास्ता ढूँढ़ लेंगे।"

मूषकराज कृतज्ञता भरे स्वर में बोला, "गजराज, आपने मुझ जैसे छोटे जीव की बात ध्यान से सुनी। आपका धन्यवाद। गजराज, कभी हमारी जरूरत पड़े तो याद जरूर कीजिएगा।"

गजराज ने सोचा कि यह नन्हा जीव हमारे किस काम आएगा। सो उसने केवल मुसकराकर मूषकराज को विदा किया। कुछ दिन बाद पड़ोसी देश के राजा ने सेना को मजबूत बनाने के लिए उसमें हाथी शामिल करने का निर्णय लिया। राजा के लोग हाथी पकड़ने आए। जंगल में आकर वे चुपचाप कई प्रकार के जाल बिछाकर चले जाते हैं। सैकड़ों हाथी पकड़ लिये गए। एक रात हाथियों के पकड़े जाने से चिंतित गजराज जंगल में घूम रहे थे कि उनका पैर सूखी पत्तियों के नीचे छल से दबाकर रखे रस्सी के फंदे में फँस जाता है। जैसे ही गजराज ने पैर आगे बढ़ाया रस्सा कस गया। रस्से का दूसरा सिरा एक पेड़ के मोटे तने से मजबूती से बँधा था। गजराज चिंघाड़ने लगा। उसने अपने सेवकों को पुकारा, लेकिन कोई नहीं आया। कौन फंदे में फँसे हाथी के निकट आएगा? एक युवा जंगली भैंसा गजराज का बहुत आदर करता था। जब वह छोटा था तो एक बार वह एक गड्ढे में जा गिरा था। उसकी चिल्लाहट सुनकर गजराज ने उसकी जान बचाई थी। चिंघाड़ सुनकर वह दौड़ा और फंदे में फँसे गजराज के पास पहुँचा। गजराज की हालत देख उसे बहुत धक्का लगा। वह चीखा, ''यह कैसा अन्याय है? गजराज, बताइए क्या करूँ? मैं आपको छुड़ाने के लिए अपनी जान भी दे सकता हूँ।''

गजराज बोले, ''बेटा, तुम बस दौड़कर खँडहर नगरी जाओ और चूहों के राजा मूषकराज को सारा हाल बता दो। उससे कहना कि मेरी सारी आस टूट चुकी है।''

भैंसा अपनी पूरी शक्ति से दौड़ा-दौड़ा मूषकराज के पास गया और सारी बात बताई। मूषकराज तुरंत अपने चालीस-पचास सैनिकों के साथ भैंसे की पीठ पर बैठा और सब शीघ्र ही गजराज के पास पहुँच गए। चूहे भैंसे की पीठ पर से कूदकर फंदे की रस्सी कुतरने लगे। कुछ ही देर में फंदे की रस्सी कट गई व गजराज आजाद हो गए।

सीख : आपसी सद्भाव व प्रेम कष्टों को हर लेता है।

□

44

गधा का गधा

किसी जंगल में एक शेर रहता था। एक दुष्ट और लालची गीदड़ उसका सेवक था। दोनों की जोड़ी अच्छी थी। शेरों के समाज में उस शेर की भी कोई खास इज्जत नहीं थी, क्योंकि युवावस्था में वह आस-पास के अन्य सभी दूसरे शेरों से युद्ध हार चुका था, इसलिए वह अलग-थलग रहता था। उसे गीदड़ जैसे चमचे की सख्त जरूरत थी, जो चौबीस घंटे उसकी चमचागिरी करता रहे। गीदड़ को बस खाने का जुगाड़ चाहिए था। पेट भर जाने पर गीदड़ उस शेर की वीरता के ऐसे गुण गाता कि शेर का सीना फूलकर दुगना चौड़ा हो जाता।

एक दिन शेर ने एक बिगड़ैल जंगली साँड़ का शिकार करने का साहस कर डाला। साँड़ बहुत शक्तिशाली था। उसने लात मारकर शेर को दूर फेंक दिया, जब वह उठने को हुआ तो साँड़ ने फाँ-फाँ करते हुए अपने तीखे सीगों से शेर को एक पेड़ के साथ रगड़ दिया।

किसी तरह शेर जान बचाकर भागा। सींगों की मार से वह काफी जख्मी हो गया था। कई दिन बीते, परंतु शेर के जख्म ठीक होने का नाम नहीं ले रहे थे। ऐसी हालत में वह शिकार नहीं कर सकता था। स्वयं शिकार करना गीदड़ के बस का नहीं था। दोनों के भूखों मरने की नौबत आ गई। शेर को

यह भी भय था कि खाने का जुगाड़ न होने के कारण गीदड़ उसका साथ न छोड़ जाए।

शेर ने एक दिन उसे सुझाया, ''देख, जख्मों के कारण मैं दौड़ नहीं सकता। शिकार कैसे करूँ? तू जाकर किसी बेवकूफ से जानवर को बातों में फँसाकर यहाँ ले आ। मैं छिपकर वार करूँगा।''

गीदड़ को भी शेर की बात जँच गई। वह किसी मूर्ख जानवर की तलाश में घूमता-घूमता एक कस्बे के बाहर नदी-घाट पर पहुँचा। वहाँ उसे एक मरियल सा गधा घास पर मुँह मारता नजर आया। वह शक्ल से ही बेवकूफ लग रहा था।

गीदड़ गधे के निकट जाकर बोला, ''पांय लागूँ चाचा। बहुत कमजोर हो गए हो, क्या बात है?''

गधे ने अपना दुःखड़ा रोया, ''क्या बताऊँ भाई, जिस धोबी का मैं गधा हूँ, वह बहुत क्रूर है। दिनभर ढुलाई करवाता है और चारा कुछ देता नहीं।''

गीदड़ ने उसे न्योता दिया, ''चाचा, मेरे साथ जंगल चलो न, वहाँ बहुत हरी-हरी घास है। खूब चरना, तुम्हारी सेहत बन जाएगी।''

गधे ने कान फड़फड़ाए, ''राम-राम। मैं जंगल में कैसे रहूँगा? जंगली जानवर मुझे खा जाएँगे।''

''चाचा, तुम्हें शायद पता नहीं है कि पिछले दिनों जंगल में एक बगुला भगतजी का सत्संग हुआ था। उसके बाद जंगल के सारे जानवर शाकाहारी बन गए हैं। अब कोई किसी को नहीं खाता।''

और कान के पास मुँह ले जाकर दाना फेंका, ''चाचू, पास के कस्बे से बेचारी गधी भी अपने धोबी मालिक के अत्याचारों से तंग आकर जंगल में आ गई है। वहाँ हरी-हरी घास खाकर खूब लहरा गई है। तुम उसके साथ घर बसा लेना।''

गधे के दिमाग में हरी-हरी घास और घर बसाने के सुनहरे सपने तैरने लगे। वह गीदड़ के साथ जंगल की ओर चल दिया। जंगल में गीदड़ गधे को उस झाड़ी के पास ले गया, जिसमें शेर छिपा बैठा था। इससे पहले कि

शेर पंजा मारता, गधे को शेर की नीली बत्तियों की तरह चमकती आँखें नजर आ गईं। वह डरकर उछला और भाग गया। शेर बुझे स्वर में गीदड़ से बोला, ''भई, इस बार मैं तैयार नहीं था। तुम उसे दोबारा लाओ, अबकी बार गलती नहीं होगी।''

गीदड़ दोबारा उस गधे की तलाश में कस्बे में पहुँचा। उसे देखते ही बोला, ''चाचा, तुमने तो मेरी नाक कटवा दी। तुम अपनी दुल्हन से डरकर भाग गए?''

''उस झाड़ी में मुझे दो चमकती आँखें दिखाई दी थीं, जैसे शेर की होती हैं। मैं भागता न तो क्या करता?'' गधे ने शिकायत की।

गीदड़ झूठमूठ माथा पीटकर बोला, ''चाचा ओ चाचा! तुम भी निरे मूर्ख हो। उस झाड़ी में तुम्हारी दुल्हन थी। जाने कितने जन्मों से वह तुम्हारी राह देख रही है। तुम्हें देखकर उसकी आँखें चमक उठीं तो तुमने उसे शेर समझ लिया?''

गधा बहुत लज्जित हुआ, गीदड़ की चाल भरी बातें ही ऐसी थीं। गधा फिर उसके साथ चल पड़ा। इस बार झाड़ी के पास पहुँचते ही शेर ने नुकीले पंजों से उसे मार गिराया।

सीख : चिकनी-चुपड़ी बातों में धोखा होता है।

□

45

मित्र की परख

गोलू और मोलू पक्के दोस्त थे। गोलू जहाँ दुबला-पतला था, वहीं मोलू मोटा गोल-मटोल। दोनों एक-दूसरे पर जान देने का दम भरते थे, लेकिन उनकी जोड़ी देखकर लोगों की हँसी छूट जाती थी। एक बार उन्हें किसी दूसरे गाँव में रहनेवाले एक मित्र का निमंत्रण मिला। उसने उन्हें अपनी बहन के विवाह में शामिल होने के लिए बुलाया था।

वह गाँव ज्यादा दूर नहीं था, लेकिन वहाँ तक पहुँचने के लिए जंगल से होकर गुजरना पड़ता था और उस जंगल में जंगली जानवरों की भरमार थी।

दोनों चल दिए। जब वे जंगल से गुजर रहे थे, उन्हें सामने से एक भालू आता दिखा। दोनों भय से थर-थर काँपने लगे। तभी दुबला-पतला गोलू दौड़कर एक पेड़ पर जा चढ़ा, लेकिन मोटा होने के कारण मोलू उतना तेज नहीं दौड़ सकता था। इधर भालू भी निकट आ चुका था, फिर भी मोलू ने साहस नहीं खोया। उसने सुन रखा था कि भालू मृत शरीर को नहीं खाते। वह तुरंत जमीन पर लेट गया, साँस रोक ली और ऐसा अभिनय किया मानो शरीर में प्राण हैं ही नहीं।

भालू घुरघुराता हुआ मोलू के पास आया, उसके चेहरे व शरीर को सूँघा और उसे मृत समझकर आगे बढ़ गया।

जब भालू काफी दूर निकल गया तो गोलू पेड़ से उतरकर मोलू के निकट आया और बोला, ''मित्र, मैंने देखा था, भालू तुमसे कुछ कह रहा था। क्या कहा उसने?''

मोलू ने गुस्से में भरकर जवाब दिया, ''मुझे मित्र कहकर मत बुलाओ और ऐसा ही कुछ भालू ने भी मुझसे कहा था। उसने कहा, अपने मतलबी दोस्त गोलू पर कभी भूलकर भी विश्वास मत करना, वह तुम्हारा मित्र नहीं है।''

सुनकर गोलू बहुत शर्मिंदा हो गया। उसे एहसास हुआ कि उससे कितनी भारी भूल हो गई थी। उनकी मित्रता भी सदैव के लिए समाप्त हो गई।

सीख : जो संकट में काम आए, वही सच्चा मीत।

□

46

घंटीधारी ऊँट

एक बार की बात है कि किसी गाँव में एक बुनकर रहता था। वह बहुत गरीब था। उसकी शादी बचपन में ही हो गई। बीवी आने के बाद घर का खर्चा बढ़ना था। यही चिंता उसे खाए जाती। फिर गाँव में अकाल पड़ा। लोग कंगाल हो गए। बुनकर की आय एकदम खत्म हो गई। उसके पास शहर जाने के सिवा और कोई चारा न रहा।

शहर में उसने कुछ महीने छोटे-मोटे काम किए। थोड़ा सा पैसा अंटी में आ गया और गाँव से खबर आने पर कि अकाल समाप्त हो गया है, वह गाँव की ओर चल पड़ा। रास्ते में उसे एक जगह सड़क किनारे एक ऊँटनी नजर आई। ऊँटनी बीमार नजर आ रही थी और वह गर्भवती थी। उसे ऊँटनी पर दया आ गई और वह उसे अपने साथ अपने घर ले आया।

घर में ऊँटनी को ठीक चारा व घास मिलने लगी तो वह पूरी तरह स्वस्थ हो गई और समय आने पर उसने एक स्वस्थ ऊँट बच्चे को जन्म दिया। ऊँट बच्चा उसके लिए बहुत भाग्यशाली साबित हुआ। कुछ दिन बाद एक कलाकार ग्रामीण जीवन पर चित्र बनाने उसी गाँव में आया। पेंटिंग के ब्रुश बनाने के लिए वह बुनकर के घर आकर ऊँट के बच्चे की दुम के बाल ले जाता। लगभग दो सप्ताह गाँव में रहने के बाद चित्र बनाकर कलाकार चला गया।

इधर ऊँटनी खूब दूध देने लगी तो बुनकर उसे बेचने लगा। एक दिन वही कलाकार गाँव लौटा और जुलाहे को काफी सारे पैसे दे गया, क्योंकि कलाकार ने उन चित्रों से बहुत पुरस्कार जीते थे और उसके चित्र अच्छी कीमत में बिके थे। जुलाहा उस ऊँट बच्चे को अपने भाग्य का सितारा मानने लगा। उसने शिशु ऊँट के गले के लिए सुंदर घंटी खरीदी और पहना दी। इस प्रकार बुनकर के दिन फिर गए। वह अपनी दुल्हन को घर ले आया।

जीवन में ऊँटों के आने से बुनकर के जीवन में जो सुख आया, तो उससे सोचा कि जुलाहे का धंधा छोड़ क्यों न वह ऊँटों का व्यापारी बन जाए। उसकी पत्नी भी उससे सहमत हुई। अब तक वह भी गर्भवती हो गई थी और अपने सुख के लिए ऊँटनी व ऊँट बच्चे की आभारी थी।

बुनकर ने कुछ ऊँट खरीद लिये। उसका ऊँटों का व्यापार चल निकला। अब उसके पास ऊँटों का एक बड़ा समूह हर समय रहता। उन्हें चरने के लिए दिन को छोड़ दिया जाता। ऊँट बच्चा, जो अब जवान हो चुका था, उनके साथ घंटी बजाता जाता।

एक दिन घंटीधारी के हमउम्र एक ऊँट ने उससे पूछा, "भैया! तुम हमसे दूर-दूर क्यों रहते हो?"

घंटीधारी गर्व से बोला, "वाह तुम एक साधारण ऊँट हो। मैं घंटीधारी, मालिक का दुलारा हूँ। मैं अपने से ओछे ऊँटों में शामिल होकर अपना मान नहीं खोना चाहता।"

उसी गाँव के वन में एक शेर रहता था। शेर एक ऊँचे पत्थर पर चढ़कर ऊँटों को देखता रहता था। उसे एक ऊँट और ऊँटों से अलग-थलग रहता नजर आया। जब शेर किसी जानवर के झुंड पर आक्रमण करता है तो किसी अलग-थलग पड़े शिकार को ही चुनता है। घंटी की आवाज के कारण यह काम और भी सरल हो गया था। बिना आँखों देखे वह घंटी की आवाज पर घात लगा सकता था।

एक दिन जब ऊँटों का दल चरकर लौट रहा था, तब घंटीधारी बाकी ऊँटों से बीस कदम पीछे चल रहा था। शेर तो घात लगाए बैठा ही था। घंटी

की आवाज को निशाना बनाकर वह झपटा और उसे जंगल में खींच ले गया। इस प्रकार घंटीधारी के अहंकार ने उसके जीवन की ध्वनि छीन ली।

सीख : स्वयं को ही सर्वश्रेष्ठ समझनेवाले का अहंकार शीघ्र ही उसे ले डूबता है।

□

47

चापलूस भक्ति

किसी जंगल में एक शेर रहता था। उसके चार सेवक थे—चील, भेड़िया, लोमड़ी और चीता। चील दूर-दूर तक उड़कर समाचार लाती। चीता राजा का अंगरक्षक था। सदा उसके पीछे चलता। लोमड़ी शेर की सेक्रेटरी थी। भेड़िया गृहमंत्री था। उनका असली काम तो शेर की चापलूसी करना था। इस काम में चारों माहिर थे, इसलिए जंगल के दूसरे जानवर उन्हें चापलूस मंडली कहकर पुकारते थे। शेर शिकार करता। जितना खा सकता, खाकर बाकी अपने सेवकों के लिए छोड़ जाया करता था। उससे मजे में चारों का पेट भर जाता। एक दिन चील ने आकर चापलूस मंडली को सूचना दी, ''भाइयो! सड़क के किनारे एक ऊँट बैठा है।''

भेड़िया चौंका, ''ऊँट! किसी काफिले से बिछड़ गया होगा।''

चीते ने जीभ चटकाई, ''हम शेर को उसका शिकार करने को राजी कर लें तो कई दिन दावत उड़ा सकते हैं।''

लोमड़ी ने घोषणा की, ''यह मेरा काम रहा।''

लोमड़ी शेर राजा के पास गई और अपनी जुबान में मिठास घोलकर बोली, ''महाराज, दूत ने खबर दी है कि एक ऊँट सड़क किनारे बैठा है। मैंने सुना है कि मनुष्य के पालतू जानवर का मांस का स्वाद ही कुछ और

होता है। बिल्कुल राजा-महाराजाओं के काबिल। आप आज्ञा दें तो आपके शिकार का ऐलान कर दूँ?''

शेर लोमड़ी की मीठी बातों में आ गया और चापलूस मंडली के साथ चील द्वारा बताई जगह जा पहुँचा। वहाँ एक कमजोर सा ऊँट सड़क किनारे निढाल बैठा था। उसकी आँखें पीली पड़ चुकी थीं। उसकी हालत देखकर शेर ने पूछा, ''क्यों भाई, तुम्हारी यह हालत कैसे हुई?''

ऊँट कराहता हुआ बोला, ''जंगल के राजा! आपको नहीं पता, इनसान कितना निर्दयी होता है। मैं एक ऊँटों के काफिले में माल ढो रहा था। रास्ते में बीमार पड़ गया। माल ढोने लायक नहीं रहा तो उसने मुझे यहाँ मरने के लिए छोड़ दिया। आप ही मेरा शिकार कर मुझे मुक्ति दीजिए।''

ऊँट की कहानी सुनकर शेर को बड़ा दुःख हुआ। अचानक उसके दिल में राजाओं जैसी उदारता दिखाने की जोरदार इच्छा हुई। शेर ने कहा, ''ऊँट भाई, तुम्हें कोई जंगली जानवर नहीं मारेगा। मैं तुम्हें अभयदान देता हूँ। तुम हमारे साथ चलोगे और उसके बाद हमारे साथ ही रहोगे।''

चापलूस मंडली के चेहरे लटक गए। भेड़िया फुसफुसाया, ''ठीक है, हम बाद में इसे मरवाने की कोई तरकीब निकाल लेंगे। फिलहाल शेर का आदेश मानने में ही भलाई है।''

इस प्रकार ऊँट उनके साथ जंगल में आ गया। कुछ ही दिनों में हरी-हरी घास खाने व आराम करने से वह स्वस्थ हो गया। शेर राजा के प्रति वह ऊँट बहुत कृतज्ञ हुआ। शेर को भी ऊँट का निस्स्वार्थ प्रेम और भोलापन भाने लगा। ऊँट के तगड़े होने पर शेर की शाही सवारी ऊँट के ही आग्रह पर उसकी पीठ पर निकलने लगी। वह चारों को पीठ पर बिठाकर चलता।

एक दिन चापलूस मंडली के आग्रह पर शेर ने हाथी पर हमला कर दिया। दुर्भाग्य से हाथी पागल निकला। शेर को उसने सूँड़ से उठाकर पटक दिया। शेर भागकर बच निकलने में सफल तो हो गया, पर उसे चोटें बहुत लगीं।

शेर लाचार होकर बैठ गया। शिकार कौन करता? कई दिन न शेर ने कुछ खाया और न सेवकों ने। कितने दिन भूखे रहा जा सकता है? लोमड़ी बोली,

"हद हो गई। हमारे पास एक मोटा-ताजा ऊँट है और हम भूखे मर रहे हैं।"

चीते ने ठंडी साँस भरी, "क्या करें? शेर ने उसे अभयदान जो दे रखा है। देखो तो ऊँट का कूबड़ कितना बड़ा हो गया है। चरबी-ही-चरबी भरी है इसमें।"

भेड़िए के मुँह से लार टपकने लगी, "ऊँट को मरवाने का यही सही मौका है दिमाग लड़ाकर कोई तरकीब सोचो।"

लोमड़ी ने धूर्त स्वर में सूचना दी, "तरकीब तो मैंने सोच रखी है। हमें एक नाटक करना पड़ेगा।"

सब लोमड़ी की तरकीब सुनने लगे। योजना के अनुसार चापलूस मंडली शेर के पास गई। सबसे पहले चील बोली, "महाराज, आपका भूखे रहकर मरना मुझसे नहीं देखा जाता। आप मुझे खाकर भूख मिटाइए।"

लोमड़ी ने उसे धक्का दिया, "चल हट! तेरा मांस तो महाराज के दाँतों में फँसकर रह जाएगा। महाराज, आप मुझे खाइए।"

भेड़िया बीच में कूदा, "तेरे शरीर में बालों के सिवा है ही क्या? महाराज! मुझे अपना भोजन बनाएँगे।"

अब चीता बोला, "नहीं! भेड़िए का मांस खाने लायक नहीं होता। मालिक, आप मुझे खाकर अपनी भूख शांत कीजिए।"

चापलूस मंडली का नाटक अच्छा था। अब ऊँट को तो कहना ही पड़ा, "नहीं महाराज, आप मुझे मारकर खा जाइए। मेरा तो जीवन ही आपका दान दिया हुआ है। मेरे रहते आप भूखों मरें, यह नहीं होगा।"

चापलूस मंडली तो यही चाहती थी। सभी एक स्वर में बोले, "यही ठीक रहेगा, महाराज! अब तो ऊँट खुद ही कह रहा है।"

चीता बोला, "महाराज! आपको संकोच हो तो हम इसे मार दें?" चीता व भेड़िया एक साथ ऊँट पर टूट पड़े और ऊँट मारा गया।

सीख : चापलूसों की दोस्ती हमेशा खतरनाक होती है।

□□□